그럼에도,
나는
이겨낼 것이다

자신의 한계와
세상의 편견에 넘어진
당신에게 건네는
응원의 메세지

그럼에도,
나는
이겨낼 것이다

김상희 지음

도서출판 더로드
The Road Books

꿈

꿈을 잃어버린 당신에게

'오늘 하루에 난 어딨지?'

난 늘 생각했었다. '취직이다, 무조건 취직해야 한다.' 그래서 취직했다. 번듯한 곳 취직하고 회사에서 죽어라 버티면 이것이 내 인생의 전부인가? 이것밖에 답이 없는 것일까? 그러기엔 의문점이 많았다. 아침에 눈을 뜨면 공장에서 '나'라는 기계를 가동하는 것 같았다. 일할 때는 감정 없는 기계가 되었다. 이런 삶을 살라고 삼신할매가 나를 이 세상에 힘들게 점지해 주신 것이 아닐 텐데 말이다.

내 인생에 주인은 내가 되어야 하는데 정신을 차리고 보니 나는 세상이 하라는 암묵적인 규칙에 끌려다니며 살았다는 것을 깨달았다.

남들이 다 하니까 나도 해야 하는 줄 알았고, 남이 하는 것 내가 못하면 괜히 주눅 들고 작아졌다. 세상에 나를 잃어버리고 있었다. 그렇게 살아가는 것이 너무나 당연한 듯 살아가고 있었다.

'그럼 난 뭘 하며 살아가고 싶은 거지?'
'근데 나는 꿈이 뭐였지?'

뭔가 잘못되었다는 생각이 들었다. 그래서 생각해 보기로 했다. 내가 어떤 삶을 살고 싶은지 말이다. 그런데 막상 생각해 보니 답이 쉽게 나오지 않았다. 어쩌다 나는 내 삶을 살며 정작 내가 원하는 삶이 무엇인지 쉽게 정의하지 못하는 지경까지 온 것일까? '현실 자각 타임'이 온 순간 내가 무엇을 해야 할지 뚜렷해졌다. 내 인생에서 가장 중요한 것이 무엇인지 '나의 꿈'을 다시 정의해 보기로 했다. 그리고 그 꿈을 이루기 위해 도전해 보기로 했다.

대부분 우리에게 자아가 생기고부터 졸졸 따라다니는 만성 질병이 있다. 떼어낼래야 떼어내기 참 어려운 병. 실패하면 세상이 무너지는 줄 안다. 그래서 세상이 정해놓은 안전한 길로만 가려고 한다. 일단 안전이 우선순위이다. 내가 원하는 것이 무엇인지는 잊은 채 말이다. 하지만 안전한 길을 들어서도 안전은 모르겠고 늘 불안하다. 이런 선택이 나중에 심각한 후유증을 불러올 수 있다.

그렇다면 내가 원하는 일을 하면 뭔가 달라지는 것이 있을까? 내가 지금 하고 있다. 이 것이 이 책의 포인트라고 할 수 있겠다. 많은 이들은 꿈이 없거나, 하고 싶은 일이 있어도 실행하긴 쉽지 않다. 가족을 위해, 생계를 위해 등 여러 가지 이유들이 있을 것이다. '꿈'이라는 것은 뚜렷한 실체가 없는 것이기에 흐릿하고, 막막하다고 생각하여 용기를 내지 못하는 경우가 많다. 하지만 오히려 '꿈이 생긴 뒤 미래가 뚜렷해 졌다.'는 나의 실질적 경험을 진솔하게 이 책에 담았다.

내가 '나의 꿈'을 정할 때 느낀 것 중 하나는 내가 원하는 꿈을 향해 죽기 전에 꼭 그 꿈을 이루기 위해 도전해 볼 만한 가치가 있다는 것이다. 나이는 중요하지 않다. 꿈을 이루는 것만이 아닌 이루는 과정에서 당신은 제대로 행복을 느낄 수 있을 것이다.

"어머 상희야. 너 얼굴 너무 좋아 보인다. 인상도 달라지고 분위기가 확 달라졌는데? 요즘 뭐 하고 살길래 얼굴이 이렇게 확 폈어?"

요즘 지인들에게 이런 말을 유독 많이 듣는다. 요즘 난 참 행복하다. 내 인생에서 가장 행복했던 때를 말해 보라고 한다면 바로 지금일 것이다. 나의 존재를 느끼는 바로 이 순간 말이다. 생각만 해도 설레는 나의 꿈을 상상하고 있는 지금. 내 꿈 중 하나인 글을 쓰고 있는 지금, 이 순간에도 말이다.

내 인생은 꿈을 잃어버렸을 때와 꿈을 찾았을 때로 나뉜다. 누군가 당신에게 "넌 꿈이 뭐야?"라고 질문했을 때, 쉽게 떠오르는 것이 없다고 해도 그건 꿈이 없는 것이 아니다. 단지 꿈을 잃어버렸을 뿐이다. 기억했으면 좋겠다. 당신 가슴속엔 숨어있는 보석 같은 꿈이 반드시 있을 것이다.

내가 유치원에 다닐 때, 선생님이 나를 무대에 세우고 내 몸채만 한 마이크를 들려주며 상냥하게 나에게 질문했다.

"우리 상희 어린이는 꿈이 뭐예요?"

내가 유치원에 다닐 적 다른 것은 몰라도 이 장면만은 똑똑히 기억한다. 그때는 어른들을 만나면 주야장천 물어보는 질문이었다. 아마 이 글을 읽는 당신도 비슷한 경험이 있을 것이다. 이렇듯 우리는 꽤 일찍부터 꿈에 대해서 생각을 한다. 하지만 나이를 먹고 학교에 다니면서 어느새 부모님이 원하는, 즉 부모님의 꿈이 자신의 목표가 되고, 세상이 하라는 기준에만 맞추기 위해 노력한다. 내 꿈이 무엇인지 잊어버리고 산다.

'나는 내 꿈에 도전할 환경이 안 돼.'

'이 나이에 무슨 꿈이야.'

나는 '그럼에도 불구하고'라는 말을 참 좋아한다. 이 단어는 나를 계속 나아가게 하는 힘이 있다. 그래서 내가 하는 모든 도전에는 항상 '그럼에도 불구하고'라는 표제가 붙었다. 그럼에도 불구하고 살아있고, 그럼에도 불구하고 도전하고, '그럼에도 불구하고'의 뒤에 붙은 부제들을 잘 견뎌냈기에 지금의 만족스러운 행복을 느낄 수 있게 된 내가 있다. 눈앞에 그 어떤 장애물이 있어도 당신에게 꿈이 있다면, 그럼에도 불구하고 무엇이든 해낼 수 있다.

이 책은 당신이 꿈을 좀 더 쉽게 찾고, 열정적으로 꿀 수 있게 도와줄 것이다. 꿈을 잃어버린 당신에게 가슴속에 숨어있는 꿈이 꼭 다시 반짝이기를 바란다.

차례

SUCCESS

2장

실패가 없는 청춘은 청춘이 아니다

3장

스펙이 아닌 스토리로 승부하라

4장

추월차선으로 꿈을 이루는 8가지 방법

5장

꿈이 있는 사람은 아름답다

제 1 장

서른, 내 인생의 카운트다운이 시작되다

10
20
30
40
50
60
70
80
90
100
110

생각은 단순하게, 가슴은 뜨겁게

엄마가 항상 말씀하셨어요.
"인생은 초콜릿 상자와 같은 거란다. 어떤 맛을 먹게 될지 아무도 모르거든."

유명한 영화배우 톰 행크스(Tom Hanks) 주연의 영화 〈포레스트 검프 *Forrest Gump*〉에 나온 대사이다. 주인공 포레스트는 태어날 때부터 남들보다 지능도 좀 낮고 다리에 교정기를 찬 채 걸어야 할 정도로 허약한 외톨이 소년이었다. 조금은 평범하지 않은 그가 인생을 살면서 겪게 되는 예상치 못한 경험들을 그린, 잔잔하면서도 아주 감동적인 영화이다. 나는 이 영화를 내가 한창 심리적으로 힘들었을 때 한 번 봤었다. 사실 그 당시에는 영화 대사에서 언급한 '초콜릿 상자'라는 말이 잘 이해가 되지 않았다. 하지만 나도 인생을 살면서 몇 번의 고난을 겪고 난 다음에야 무슨 뜻인지 어느 정도 이해할 수 있게 되었다.

사람들은 자신이 세운 계획대로 삶을 살면 달콤한 초콜릿을 맛보게 될 것으로 생각한다. 그리고 인생을 살면서 일어나는 일들이 자신의 계획대로 되지 않으면 좌절, 절망 등의 생각들을 폭풍같이 한다. 하지만 원래 삶은 절대 자신이 계획한 대로 흘러가지 않는다. 그렇다고 세상이 무너질 듯 끝없는 좌절이나 절망은 하지 않았으면 좋겠다.

자신이 계획한 대로 인생이 흘러가지 않았다고 해서 미리 상상했던 달콤한 초콜릿을 맛보지 못하는 것은 절대 아니기 때문이다. 분명 다른 초콜릿이 당신의 손에 들어올 것이다. 모양과 크기 심지어 색깔까지 다른 초콜릿을 맛볼 수 있다.

나는 내 인생이 누구나 그렇게 사는 것처럼 당연히 대학를 졸업하고 직장에 다니다가 결혼하고 평범하게 살 줄 알았다. 그런데 모든 시련은 쓰나미가 마을을 순식간에 덮치는 것처럼 내 인생에 찾아왔다. 아버지는 내가 태어나기 전부터 외국에 나가서 사업을 하셨다. 20년 넘게 나는 엄마와 외가 가족들의 보살핌 속에서 자랐다. 곧 금의환향해 함께 살 줄 알았던 아버지는 사업을 더욱 확장시키셨고, 나의 모든 가족들은 외국에 있는 아버지에게 금전적인 지원을 하며 최선을 다했다. 하지만 사업은 뜻대로 되지 않았고, 결과는 점점 지연되었다. 생활비는 둘째고 아버지는 금전적인 지원을 끝없이 가족들에게 원했다. 함께 잘되고자 시작했던 일이지만 시간이 지날수록 모두가 지쳐갔다. 어머니와 나도 지쳐만 갔다. 그리고 우리는 아버지에게 최선을 다해 금전적인 지원을 했던 탓에 경제적으로도 점점 어려워졌다.

'조금만 기다려라, 거의 다 왔다.'라는 희망적인 말에 지원은 어떻게든 해야 했기에 대출을 피할 수 없었다. '곧 해결이 되겠지.'라는 생각으로 한번 하기 시작하니 또 하게 되고, 또 하게 되었다. 경제적인 관념이 확고하지 않았던 20대 초반에 나는 그 당시 어른들이 하라는 대로 했지만 그게 화근이 되었다. 내가 일하고 있던 시기에 어머니에게 보증을 서겠다고 했던 싸인 하나가 내 인생 화근의 시작이었다.

상황은 예기치 않은 방향으로 흘러갔다. 곧 모든 것들이 잘될 줄만 알았던 아버지의 사업은 점점 산으로 갔고, 내 상황도 점점 답이 없는 산으로 갔다. 외국에 있는 아버지는 시간이 갈수록 연락이 잘되지 않았고 책임을 회피하려고만 했다.

'보증'이란 것은 참 무서운 것이었다. 한 번의 싸인으로 나는 하루아침에 다른 사람의 모든 빚을 책임져야 하는 상황이 되었다. 이렇게 억울할 수가! 나는 1원도 써보지 못한 돈을 다 책임지라니. 대출자인 엄마보다 보증인인 나를 더 심하게 독촉하며 괴롭혔다. 채권사들은 내가 일하는 회사에 수시로 전화를 하며 찾아왔다. 이런 상황을 맞닥트릴 때마다 수치스러움과 창피함에 얼굴에 열이 나고 가슴이 미친 듯이 뛰었다. 쥐구멍이 아니라 누구 콧구멍에라도 들어가 숨고 싶은 심정이었다. 그래도 나는 회사에서 버텨야만 했다. 어떻게든 먹고살아야 했으니까.

그러던 어느 날 나의 모든 통장 계좌가 압류되어 월급을 더 이상 받을 수 없게 되었다. 통장을 이용할 수 없으니 이미 받은 월급을 쓸 수 없고, 일 또한 계속할 수 없었다. 정말 나에게 닥친 상황들에 화가 났다. 아니, 돈을 갚으려면 일은 하게 해줘야 하는 것이 아닌가. 나는 그 당시 더는 정규직으로 월급 받는 일을 할 수 없게 되어버렸다. 하지만 내가 회사를 그만두게 되었다고 그냥 집에 있을 수는 없는 형편이었다.

채권사는 내가 집에 있을 때, 매일 아침 집 앞으로 찾아와 '쾅! 쾅! 쾅!' 문을 두드리며 내 이름을 불렀다. 참 아이러니한 일이다. 왜 하필 그들은 가족들과 있을 때가 아닌 항상 나 혼자 있을 때만 찾아오는 건지. 스물을 갓 넘긴 어린 나이였던 나는 덩치 큰 남자들이 문을 두들길 때마다 정말 무서웠다. 그 와중에 핸드폰은 독촉 전화로 쉬지 않고 종일 울려대며 내 인생을 조여왔다. 그때는 핸드폰 진동 소리가 날 때마다 깜짝깜짝 놀라며 노이로제에 걸릴 지경이었다.

모든 일들이 꿈만 같았다. 나는 끝없이 추락하고 있었다. 정말 내 인생에서 전혀 상상조차 하지 못했던 일들이 줄줄이 일어났다. 나는 처음에 하늘을 원망했다. "대체 어쩌라고요? 지금 나 죽으라는 건가요?" 매일 소리치며 울었다. 내 인생의 끝을 생각하는 나쁜 생각도 했다. 우리 집 아파트 옥상 문이 열려 있는지 잠겨 있는지 확인도 하고, 내 커튼이 나의 무게를 견딜 수 있을 만큼 튼튼한지 확인도 해 보고, 그 와중에 아프게 죽는 건 싫어서 어떻게 하면 아프지 않게 끝을 마감할 수 있는지 검색도 해 보았다.

하지만 아무리 생각해도 이렇게 죽을 수는 없었다. 세상을 제대로 한번 살아보지도 못하고 이렇게 억울하게 생을 마감하고 싶지 않았다. 내가 살고 싶은 의지가 있다는 것을 깨달았을 때, 내 생각은 조금씩 변화하기 시작했다. 나중엔 모든 것을 인정하고 받아들이며 나의 문제들을 하나씩 풀어나갔다. 이 상황들을 극복하기까지의 과정은 나에게 정말 고통스러웠다. 많은 것을 느꼈다. 느낀 것들을 글로 표현한다면 조금 과장해서 책 열 권 정도의 분량까지도 나올 수 있을 것이다. 하지만 이 경험을 통해 크게 깨닫게 된 것이 있다. 어찌 되었든, 내 인생의 주인공은 '나'였다. 내 인생 이야기의 소재와 배경은 하늘이 던져 주지만 전체적인 시나리오와 결과는 내가 결정하고 쓴다.

20대의 나는 항상 세상에 숨어 살기 바빴다. 하지만 이제는 속박에서 벗어나 자유로워졌다. 그리고 내가 원하는 일을 해야겠다고 결심했다. 나는 안정적인 인생보다 열정적인 인생을 살기로 했다. 열정을 기반으로 내 인생의 시나리오는 다시 시작된다.

나는 좋아하는 일을 하며 인생을 즐기고 싶었다. 그건 누구나 원하는 삶이 아닌가. 맞다. 나는 이런 삶을 살기 위해 용기 내어 다른 길을 걸어보기로 했다. 그래서 단순하게 생각해 보았다. '만약 나에게 1년이라는 시간이 주어진다면 나는 무엇을 할 것인가?'

곰곰이 생각해 보았다. 그랬더니 내가 원하는 것에 대한 답이 나왔다. 나는 내 인생을 걸어볼 만한, 나의 꿈으로 설레는 일을 하고 싶었다. 그리고 가족들과 행복한 시간도 더 많이 보내고 싶었다. 방방곡곡 다니며 세상에 얼마나 다양하고 아름다운 것들이 많은지, 내가 사랑하는 사람들과 함께 보고 나누고 느끼고 싶었다. 더 많은 시간을 나를 위해 선택하며 살고 싶었다. 지금보다 더 열정적으로 살아있음을 느끼기 위해 나에게 중요한 우선순위를 정하고 인생을 다시 설계했다. 내가 선택한 삶을 사는 현재는 아침에 눈을 뜨면 오늘이 있음에 감사하며 설렌다.

30년 넘는 시간을 보내며 나는 확실하게 알았다. '우리 인생의 초콜릿 상자'는 늘 달콤할 것만 같은 행복한 일만 있는 것이 아니라는 사실을. 비록 지금 쓴 맛의 초콜릿을 맛보며 힘들지라도 이것만은 분명하다. 힘든 고비를 넘긴다면 언젠가는 내가 예상했던 초콜릿과 전혀 다른 모양, 색깔, 크기의 상상치도 못한 초콜릿의 달콤함을 맛볼 수 있기에 '내 인생의 초콜릿 상자'를 기대해 볼 만한 것 같다.

삶은 내가 마음먹은 대로, 계획한 대로 순탄히 흘러가지 않는다. 그러니 계획대로 돌아가야만 한다는 복잡한 생각은 버리고, 뜻하지 않게 벌어지는 일들을 단순하게 받아들이자. 가슴 뜨겁게 희로애락을 겪으며 '나'를 잃지 않고 살아간다면 당신은 꼭 상상도 하지 못했던 달콤한 초콜릿을 맛볼 수 있을 것이다.

꿈꾸는 청춘에게 좌절이란 없다

매일 인생의 마지막 날처럼 살아야 한다.

헝그리 정신을 가지고 미련할 정도로 자기의 길을 가라.

- 스티브 잡스(Steve Jobs)

일생에서 큰 실패의 나락을 맛보면서도 좌절하지 않고 일어선 대표적 인물 중 한 명은 스티브 잡스(Steve Jobs)이다. 그는 스무 살이 되던 해 차고에서 애플을 시작했다. 10년 후 세계에 영향력이 있는 큰 기업이 되었다. 그는 10년간의 일생을 애플을 위해 전념하여 일하였지만 모든 경영진은 그를 회사에서 내쫓았다. 돈은 떨어져 가고 언론은 그에게 냉혹했으며 동업자들 또한 그를 외면했다. 하지만 그는 좌절하지 않았다. 다시 일어서 5년간 넥스트(Next), 픽사(Pixar)를 설립하

였지만, 그 또한 하루아침에 문을 닫을지도 모르는 어려운 상황까지 몰락하였다. 이런 연속된 실패에도 스티브 잡스는 좌절하지 않고 계속 도전했다. 그리고 그의 노력 끝에 픽사는 세계 최초 3D 애니메이션 토이 스토리(Toy Story)라는 영화를 만들어 엄청난 성공을 거두었다. 그 후 애플은 스티브 잡스를 다시 불렀고 그는 모든 전문가의 만류에도 불구하고 다시 아이맥(iMac)을 내놓으며 또 하나의 역사를 다시 세웠다. 그는 세상 속 나아가는 청춘에게 말했다. '매일 인생의 마지막 날처럼 살아야 한다. 헝그리 정신을 가지고 미련할 정도로 자기 길을 가라.'라고.

"넌 꿈이 뭐야?"
"꿈? 음, 글쎄. 세계여행? 아 모르겠다. 꿈이 꼭 있어야 해?"

현존하는 청춘들에게 '당신의 꿈은 무엇입니까?'라고 물어봤을 때, 나에게 간절하게 이루고 싶은 꿈이 있다고 자신 있게 바로 이야기하는 사람들이 몇이나 있을까? 요즘 많은 대학생들은 자신이 진정으로 하고 싶고 원하는 일을 생각하는 것이 아닌 주로 스펙을 쌓는 것만 생각하며, 안정된 직장에 취직하기 위해 당연한 듯이 토익시험을 준비한다. 안정된 직장에 취직하고 나서는 사람에 치여, 일에 치여 꿈은 커녕 오후가 되면 퇴근 생각만 하며, 집에 가서는 출근하는 내일이 오지 않기를 바라며 쉬기 바쁘다.

꿈이라는 단어를 언급하면 그들은 말한다. '나 요즘 직장 다니기도 바쁜데 그런 것 생각할 틈이 없다.'라고. 직장을 다니며 버티다가 '이건 아니다.' 싶은 생각이 들어 퇴직하게 되면 좌절을 하며 이런 생각을 한다. '이제 난 뭐 하지? 어떻게 해야 할까?', '나는 왜 이러는 걸까?' 등의 생각들에 빠져 헤매며, 부정적인 생각의 굴레에서 쉽게 헤어 나오질 못한다. 하지만 목표가 있고 꿈이 있다면 달라진다. 자신이 하고 싶은 일에 대해서, 꿈에 대한 목표와 신념을 가지고 일하는 사람들에게는 포기란 없고, 좌절이란 없다.

'실패는 두려워하는 것이 아니다. 꿈꾸지 못하고 노력하지 않는 것이 더 부끄러운 일이다.'

매일 새벽 2시부터 아침 7시까지 하루도 빠짐없이 10년 넘게 우유배달을 해온 한 남자가 있다. 이 남자는 우유배달을 끝내고 언제나 질 좋은 소를 고르기 위해 소 시장을 찾는다. 이 남자의 직업은 언양에서 30억이 넘는 매출액을 보유하고 있는 언양 불고깃집 사장님 K 씨다. K 씨는 모든 사업에 실패하고 남은 돈 7천 원으로 무작정 언양으로 내려왔다. 그는 우유배달, 택배 등 안 해본 일이 없을 정도로 열심히 살며, 재기하는 것에 온 힘을 다했다.

K 씨는 주저앉고 싶은 순간이 수도 없이 많았지만 한 가지 목표가 있고 꿈이 있으니 실패를 하여도 좌절하지 않고 언제나처럼 다시 일

어서 도전했고, 결국 꿈을 이뤘다. 앞으로의 그의 꿈은 우리나라뿐 아니라 해외에도 진출하여 많은 사람에게 우리나라 특산물을 알리는 것이라고 했다. 그는 말한다. "꿈이 있는 삶은 그 어떤 실패와 고난이 온다고 하여도, 좌절하지 않고 끝까지 적극적인 태도로 매 삶에 노력하며 산다면 반드시 이루어진다."라고.

많은 사람들이 실패하고, 좌절하는 것이 두려워서 무언가에 부딪치며 도전하는 것을 어려워한다. '그냥 살다 보면 어떻게든 되겠지.'라는 회피하는 마음을 갖으며 살기 쉽다. 세상은 당신이 원하는 것을 어미 새가 아기 새에게 당연하게 먹이를 물어다 주듯 그냥 가져다주지 않는다. 세상은 '난 간절히 원하고 있어요.'라고 외치며 노력하는 사람들에게 더 많은 기회를 준다. 노력은 '실패와 좌절을 겪고 그럼에도 불구하고 다시 털고 일어나 끝없이 도전하는 사람들'에게 사용하는 말이다. 실패와 좌절을 두려워하여 원하는 것에 도전하는 노력을 하지 않는다면 당신의 삶에는 그 어떤 변화도 일어나지 않을 것이다. 아무것도 하지 않는다면 언제나 제자리걸음을 하게 될 것이다. 실패와 좌절은 당신이 성장하기 위해 꼭 필요한 하나의 과정일 뿐이다.

꿈이 있는 사람들은 좌절할 시간이 없다. 실패는 할 수 있다. 실패는 그들에게 필수요소일 것이다. 하지만 그들에게 실패는 장애물이 되지 않는다. 그 경험을 토대로 자신의 꿈을 위해 다시 나아간다. 목표가 뚜렷하게 있는 사람들은 실패를 성공의 과정으로 여기고 가장 먼저 나아갈 생각을 한다. 좌절하지 않는다. 하지만 꿈과 목표가 없는 삶을 살아온 사람들은 쉽게 좌절하고 쉽게 포기해 버린다. 그리고 또 다른 실패가 두려워 쉽게 나아가질 못한다.

당신이 꿈과 목표를 향해 나아가다 보면 실패를 꼭 경험할 것이다. 이것은 포기하라는 뜻이 아니라 꿈을 이루기 위한 소중한 경험이다. 이 말이 이해가 안 되고 공감이 가지 않는다면 일단 먼저 명확한 꿈과 목표를 만들어보자.

명확한 꿈과 목표가 있는 당신의 인생은 달라질 것이다. 실패해도 다음 날은 다시 일어나서 꿈을 위한 일을 찾아 도전할 것이고, 무엇을 해야 할지 뚜렷하게 알고 있는 당신에게 좌절은 오래 머물지 않을 것이며, 엔도르핀만이 뿜어져 나올 것이다. 아무래도 사람인지라 초반에 성장하는 과정에서 좌절이 아예 없을 수는 없을 것이다. 기계가 아닌 이상 말이다. 하지만 그 감정은 일시적인 것이다. 꿈과 목표가 마음속에 뚜렷하게 내재되어있는 당신이라면 반드시 금방 털고 일어나 다시 미래를 향해 전진할 수 있다. 실패를 배움으로 생각하고, 좌절 없이 꿈을 꾸며 다시 도전하는 당신의 인생은 이미 반은 성공한 것이다.

일시적으로 드는 좌절이란 감정은 성공을 위한 중요한 영양분이 있는 톱밥일 뿐이다. 당신이 실패에 대한 좌절을 두려워하지 않고 꿈을 꾸었으면 좋겠다. 꿈이 뚜렷한 사람들에게는 좌절 따윈 없다. 또 다른 전진만이 존재할 뿐이다.

10년 후의 나는 지금의 내가 결정한다

'어리석은 사람은 시간으로 돈을 벌고, 현명한 사람은 돈으로 시간을 산다.'

물리학자들이 생각하는 세상의 절대가치가 하나 있다. 바로 시간이다. 시간은 누구에게나 똑같이 흘러간다. 그렇기에 우리는 시간을 통해, 모든 것을 거래하고 판단을 하는 것이 가장 평등한 것이다. 그래서 지금 우리의 형벌체계가 일정 기간 동안 감옥에 있도록 하는 것이다. 죄 값을 돈으로 치를 수도 있겠지만, 그렇게 하면 평등할 수가 없다. 예를 들어 살인죄에 대해서 100억을 지급하라고 한다 치자. 그러면 가난한 사람들에겐 내기 힘든 돈이지만, 어떤 사람들에게는 큰돈이 아닐 수도 있는 것이다. 하지만 시간은 모든 사람에게 똑같다. 그래서 우리가 일정 시간 동안 감옥에 가두는 것이 사실은 가장 평등한 형법이다. 그래서 하고 싶지 않은 일을 하지 않는 것이야말로 인간에게 매우 소중한 가치이다. 그래서 시간으로 돈을 버는 사람은 어리석은 사람이다.

- 경희대 김상욱 교수 tvN 시사프로그램 《책 읽어드립니다》 중에서

초반부터 물리학자가 언급한 이야기가 나와서 어렵고 지루한 이야기가 아닌지 생각이 들 수도 있을 것 같다. 하지만 전혀 아니다. 나는 뼛속까지 철저한 문과생이다. 하지만 우연히 텔레비전에서 하는 시사 프로그램을 보게 되었는데 참 신기하기도 하면서, 마음에 와 닿는 이야기여서 공유해 보았다.

20대의 나는 30대는 아직 먼 얘기라고 생각했었다. 하지만 서른이라는 나이는 눈 깜짝할 사이에 나에게 다가왔다. 지금도 나는 21살의 정신에 머물러 있는 것 같지만 어느새 서른을 넘긴 나이가 되었다. 아마 앞으로의 마흔, 쉰 살은 더 빨리 찾아올 것이다. 서른이 넘으니 많은 생각이 들었다. 나는 무엇을 위해 살아왔는가? 서른이란 나이가 될 때까지 인생의 어떤 성장을 해 왔는가? 앞으로 마흔이 될 때까지 나는 어떤 삶을 살 것인가? 나는 어떤 삶을 살고 싶은가? 내 삶에 중요한 것은 무엇이었으며, 앞으로 중요한 것은 무엇인가?

20대의 나는 나에게 닥쳤던 눈앞의 상황만을 극복하기 위해 노력

했다면 30대에는 내 삶을 어떻게 살 것인지, 어떤 것들을 이루고 싶은지 등 나의 미래에 관한 생각을 진지하게 생각하게 되었다. 왜냐하면, 당시 내 앞에 펼쳐진 삶을 바라보고 살기에는 10년 후의 나의 미래는 아직 직장인이었다. '가정을 이룬 엄마로서 진급을 위해 사회집단 안에서 어떻게든 살아남으려고 고군분투하는 직장맘'으로 밖에 나의 미래가 보이지 않았다. 물론 목표가 회사에서 진급인 사람들에겐 의미가 있겠지만 나는 그렇지 않았다.

직장에 다닐 때 나는 행복하지 않았다. 온종일 일에 얽매여 퇴근 시간만 기다리는 하루, 퇴근 시간과 월급날만을 기다리는 하루, 서로의 관계 속에 보이지 않는 날이 서 있는 전쟁터 같은 사회생활…. 나의 소중한 하루에 정작 나는 없었다. 이제는 '내 인생에 내가 없는 삶'을 살고 싶지 않았다. '오늘 하루도 잘 버텼다.'라는 생각으로 마무리하는 하루보다는 '오늘 하루도 어제보다 조금 더 성장했다.'라는 생각을 하는 하루를 살고 싶었다.

내가 정한 목표를 향한 열정, 도전, 성취감을 느낄 수 있는 삶을 살아야겠다는 생각이 들었다. 그래야 10년 후에 나의 삶을 돌아봤을 때 '후회 없이 열심히 잘 살았다.'라고 생각할 수 있을 것 같았다. 그리고 내가 사랑하는 사람들과 함께 행복한 시간을 더 많이 보내고 싶었다.

지나온 20년간 나뿐만 아니라 우리 가족들도 참 힘든 시간을 보냈다. 자유라는 것을 느끼며 사는 것이 참 힘들었다. 그래서 나는 시간에 자유로워져서 함께 여행도 다니고, 아름다운 것들도 많이 보고, 맛있는 것들도 많이 먹고 자유를 동반한 행복한 시간을 보내야겠다고 늘 바라고 생각해 왔었다. 왜냐하면, 세월은 어느 누구도 멈추거나 되돌릴 수 없기 때문이다. 나도 마찬가지지만 오랜 시간 인내와 끈기로 고생만하고 살아온 엄마, 이모는 '현재, 바로 지금'이 가장 젊고 아름다운 청춘이다. 그 아름다운 시간들을 함께하며 더욱 의미 있게 보내고 싶었다. 나는 지금, 이 순간을 사랑하는 사람들과 행복하고 의미있게 보내는 것이 내 인생에 그 어떤 것들보다 중요하다고 생각한다. 나중에 내가 '아, 내가 그땐 그랬다면 좋았을 걸.'이라는 생각이 들 땐 이미 더 이상 할 수 없다는 것을 의미한다. 이 시간은 지나가면 절대 다시 올 수 없기 때문이다. 그래서 나는 망설이지 않고 하고 싶은 걸 하기로 했다.

어떤 사람들은 나의 선택에 대해서 무모하고 이기적인 생각이라고 할 수도 있겠다. '미래를 위해 안전한 직장에 다니며 먹고살 걱정을 먼저 해야지, 지금 자유를 찾고 있을 때냐.' 또는 '돈이 없으면 자유도 없고, 꿈도 없다.'라고 생각하는 사람들도 있을 것이다. 어떻게 생각하는지는 각자의 선택이다. 그 누구도 나 아닌 다른 사람에게 옳은 답을 내릴 수는 없다. 어떤 사람은 중요한 것이 '돈'이라고 생각하는 사람이 있을 것이다. 그건 그 사람 인생에 맞는 답일 것이다. 나는 '돈' 때문에 고통스러운 시간을 보냈다. 아이러니하게도 이 경험으로 인해 내 인생의 우선순위가 '돈'이 아니라는 것을 알았다. 나는 먼저 '나의 꿈'을 선택하는 것이 내 인생에 옳은 답이라고 생각했다. 자기 인생의 정답은 오직 '나'만이 정할 수 있다. 나에게 그 어떤 환경이 주어져도 결론은 똑같다. 모든 것은 자신이 선택하고, 추구하고, 실행하기에 달려있다.

시대는 달라졌다. 코로나 사태 이후로 더욱 빨리 달라지고 있다. 이제는 먹고살 걱정을 안 해도 되는 안정적인 평생직장은 없다. 나는 내 꿈을 명확히 정하고 목표를 이루기 위해 내 모든 걸 다 걸 수 있는 도전을 한다면 경제적인 부분들은 알아서 따라오리라 생각했다. 아니다. 나는 무조건 해낼 수 있다고 생각한다. 나에게 영원한 실패는 없다. 다만 성공을 위한 과정이 있을 뿐이다.

당신에게 중요한 것은 내가 나에게 했던 질문을 해 보는 것일지 모르겠다. 사람은 자신에게 주어진 상황을 대하는 태도와 행동에 따라 결과가 다르게 나타난다. 내가 어떤 삶을 살았는지, 그 삶에 대한 후회의 감정은 인생에 전혀 도움이 되지 않는다. 지금 내 미래를 바라보며 하는 나만의 선택이 중요하다. 그에 따른 실행은 결과를 낳는다. 당신이 원하지 않는 것을 선택한다면 당신은 원하지 않는 것을 해야 한다. 하지만 당신이 원하는 것을 선택한다면 당신은 원하는 것을 얼마든지 할 수 있다.

"옘병, 그걸 말이라고 하냐? 그런 말은 나도 할 수 있겠다!"라고 생각하는 사람이 분명 있을 것이다. 그런데 내가 원하는데 다른 시선과 기준 때문에 원하는 것을 선택하지 못하거나 고민을 하는 경우가 참 많다. 그래서 모두가 알고 있지만, 다시 일깨워 주고 싶었다. 당신은 당신이 원하는 것을 선택할 수 있는 권리가 있다. 그리고 그 선택의 기준은 오직 당신이 정하는 것이다. 그것을 꼭 알았으면 좋겠다.

세계적인 라이프 코치 앤서니 라빈스(Anthony Robbins)는 《네 안에 잠든 거인을 깨워라》에서 이렇게 말했다.

우리가 인생에서 감격을 맛보거나 험한 시련을 맞게 되는 것은 살아가면서 내리는 크고 작은 결단에서 비롯된다. 나는 우리의 운명이 결정되는 것은 결단하는 순간이라고 믿는다. 지금 내리고 있는 결단이 우리의 미래를 결정할 뿐 아니라 현재의 감정 상태도 결정하게 된다. 매일 가장 즐거운 감정을 가지고 살겠다는 결단을 당장 할 수 있다. 지금 당신의 발전과 행복을 향해 새롭고 긍정적이고 활력이 넘치는 방향으로 나아갈 수 있도록 결단하라.

내가 10년 뒤에 나의 인생을 돌아봤을 때, 나는 '내 꿈을 이루며 끊임없이 도전했고, 후회 없이 행복하게 살았다.'라는 생각을 하고 싶었다. 이렇게 사는 것은 아니라고 생각이 드는 순간 나는 하루라도 젊었을 때 용기를 내야겠다고 생각했다. 그리고 지금 나는 내가 한 선택으로 무엇이든 꿈을 꾸며 창조할 수 있다. 이에 대한 결과는 무한할 것이다. 당신이 생각하는 자신의 10년 후의 삶은 어떠한가? 당신의 10

년 후의 삶은 당신만이 결정할 수 있다. 당신이 결정한 미래가 명확하다면 그 미래를 위해 당신은 그 무엇이든 창조할 수 있다. 10년 후의 당신의 미래는 오직 당신에게 달려있다.

나는 꿈꾼다, 고로 존재한다

"내 마음속에 꿈이 100% 현실이 되는 날, 나는 그날만 믿고 살았다. 그 마음이 내 안에 가득 있었기 때문에 그걸로 견디며 살았다."

《꿈꾸는 다락방》의 이지성 작가는 '꿈'이라는 단어를 떠올리면 생각나는 대표적 작가 중 한 사람이다. 이지성 작가는 책에 관심이 있는 사람이라면 한 번쯤은 읽어봤을 정도로 유명한 베스트셀러 작가이다. '그'야말로 꿈이 있었기에 여기까지 올 수 있었다. 이지성 작가는 스무 살부터 작가가 되겠다는 꿈을 꾸고 열망했다. 주변 사람들은 그의 꿈을 비웃고 무시하였다. 하지만 그는 굴하지 않고 꿈을 이룰 때까지 간절하게 꿈을 꾸었다. 13만 원 월세가 없어서 집주인을 피해 다니면서도, 하루에 3~4시간 자며 뼈가 부스러져라 고생해서 쓴 책이 80군

데가 넘는 출판사에서 거절을 당했어도, 그는 꿈을 열망하는 마음을 멈추지 않았다. 그는 포기하지 않고 다시 꿈을 써 내려갔다. 그가 느끼는 절망이 100이라면 1000이 넘는 더 큰 꿈을 꾸었다. 꿈이 있기에 그는 존재했다. 절망의 끝에서도 꿈이 있었기에 그는 존재했다. 그리고 그는 마침내 최고의 베스트셀러 작가가 되었다.

요즘 많은 이들이 꿈을 생각하지 않고 꿈을 잃어버린 채로 살아간다. 얼마 전까지만 해도 중학생 정도면 자신만의 꿈을 꾸며 공부하는 아이들이 많았지만, 이제는 중학생은커녕 초등학생부터도 꿈보다는 매일매일 학원에 다녀오는 것만으로 하루를 보내기 바쁘다. 고등학교 때에는 수능만 잘 보고 나면 모든 것이 잘 될 것만 같았고, 대학교 때에는 안정된 직장에 취업만 하면 내 인생이 행복해지며 만사가 'OK'일 것이라는 생각으로 취직을 준비한다. 하지만, 막상 안정된 직장에 취직하고 나면 곧 깨닫게 된다. 결코, 안정된 삶을 살게 된다고 행복하지만은 않다는 것을.

매일 목적 없이 일하는 기계가 되어 상사에게 치이는 것이 지긋지긋하고, 영혼 없이 일을 하고 있는 삭막한 삶을 사는 '나 자신'을 발견하게 된다. 이런 상황이 싫어서 퇴사를 생각하면 막상 자신이 무엇을 하고 싶은지, 무엇을 해야 좋을지 모르는 상황이 온다. 그리고 정체성을 잃어버린 것 같은 느낌이 들어, 깊은 자괴감에 빠진 자신을 발견하게 된다.

하지만 명확한 꿈이 있다면 이야기는 달라진다. 당신이 꿈을 꾸며, 그 꿈을 이루기 위한 일을 하고 있다면 당신이 시작하는 하루는 달라질 것이다. 자기자신에 대한 생각부터가 달라질 것이다. 당신은 자신을 더욱 사랑하게 될 것이고, 소중히 여길 것이며 하루를 값지게 생각하며 살아갈 수 있을 것이다. 목 빠지게 퇴근 시간만을 기다리는 하루가 아닌, 1분 1초가 아까워서 잠이 잘 오지 않을 정도의 가치 있는 삶을 살아가게 될 것이다.

내가 고등학교 시절 우연히 김수영 저자의《멈추지 마, 꿈부터 꿔봐》라는 책을 읽고 난 후, 마음속 굳게 정했던 나의 꿈이자 목표는 30세가 되기 전에 내가 좋아하는 언어인 영어와 중국어를 마스터해서 그와 관련된 직업을 갖는 것이었다. 하지만 고등학교 졸업 후 나의 20대 인생은 예상외로 순탄치 않았다. 우리 가정의 기둥이라고 생각했던 아버지의 사업실패로 빚이 하루가 다르게 늘어갔다. 나는 채권자의 독촉으로 하루를 시작하고, 보냈다. 제발 주말이 오기만을 기다렸다. 그때만큼은 쫓겨 다니는 이 지긋지긋한 상황에서 벗어날 수 있었으니까. 이런 가장 어두웠던 암흑 시기에 또 다른 시련이 나에게 왔다. 몸에 탈이 난 것이다. 얼마 동안은 중환자실에서 있어야 했다. 특히나 중환자실에서는 보호자의 출입이 짧게 정해져 있어 대부분의 시간을 혼자 보냈다.

옆을 보니 한 남자가 누워있다. 간호사와 의사들이 분주하게 다니며 심각하게 그를 지켜보고 있었다. 잠시 후 그의 가족들이 들어와 울기 시작했다. 이대로 못 간다며 안된다고 그를 붙잡고 막 울었다. 내가 태어나서 생전 처음 보는 광경이었다. 지켜보던 나는 말로 쉽게 표현할 수 없는 두려움과 공포에 몸이 부들부들 떨려 한참을 울었다. 다음 날 새벽, 나는 잠을 이루지 못하고 눈을 말동말동 뜨고 있는데 어떤 여자가 슬픈 표정으로 중환자실에 들어오는 것을 보았다. 나는 면회가 허락되지 않은 시간에 보호자가 들어올 경우, 환자와의 마지막 인사를 의미한다는 것을 짐작할 수 있었다. 내 옆에 있는 또 다른 환자 한 명의 보호자인 듯했다. 그녀는 고마웠다고 한참을 울며 보내기 싫은 듯 손을 꼭 붙잡고 침대에 누워있는 어머니를 하늘나라로 보내드렸다.

그 모습을 생생하게 지켜보고 있자니 별의별 생각이 다 들었다. 나도 저렇게 죽을 수도 있다는 생각에, 가족들과의 이별을 생각하니 슬픔이 목 끝까지 차올랐다. 아무리 울어도 위로해주는 사람이 없었다. 그 때 내 마음을 진정시키고 편안하게 해 주었던 것은 놀랍게도 '영어 음원 듣기'였다.

병원에 누워 오직 내가 할 수 있었던 것은 mp3로 음원을 듣는 것이었다. 그 당시 나는 영어 공부를 하고자 평소 미국 드라마를 음원으로 추출하여 듣는 습관이 있었다. 다행히 중환자실에서 들을 수 있었고, 그걸 들으며 혼자 불안과 아픔을 견뎌냈다. 참 신기했다. 공부에

꿈
신념
목표

는 그다 취미가 없었는데 말이다. 나에게 깊숙이 박힌 잠재의식이라는 것이 나를 조정하는 듯, 그 힘든 시간을 보내는 와중에 영어를 들으니 마음이 편안해졌다. 들으면서 내가 영어 잘하는 모습을 눈을 감고 상상했다. 그런 상상은 나에게 큰 위안이 되었다. 마치 꿈이 나를 이끌 듯이 나의 영어와 중국어를 잘해야겠다는 꿈은 내가 어떤 상황이든 상관없이 나를 꿈을 이루는 쪽으로 이끌어 주었다.

병원 생활 이외에도 내 인생에 여러 가지 고비가 찾아왔을 때, 내가 피할 수 없는 힘든 일들을 겪을 때, 나는 영어와 중국어 음원을 틈틈이 들었다. 들으며 내가 외국어를 유창하게 잘해서 외국인과 대화를 하는 상상을 했다. 이 상상은 나의 원동력이 되었다. 내 꿈을 상상하는 것만으로 종일 우울한 시간을 보냈던 나에게 설렘을 주었고, 희망을 품을 수 있도록 해주었다. 이런 마음들이 내가 계속 버티며 사는 원동력이 되었다.

마음속 깊이 새겨진 '꿈'이라는 건 참 무섭고도 놀라웠다. 꿈이 나의 마음속에 굳건하게 자리 잡고 있으면 그 어떤 상황이 와도 내가 원하는 꿈과 관련된 행동을 하게 되며, 꿈을 이루는 상상을 하면 어떤 고비가 와도 이겨낼 수 있는 에너지가 생긴다. 그리고 무엇을 해야 할지 막막해하지도 않는다. 내 인생에 꿈이 자리 잡고 있으면 꿈을 이루는 쪽으로 행동하도록 사고하게 된다. 설령 당장 내가 꿈을 이룰 수 없는 현실이어도, 그래서 꿈을 향한 목표에서 한걸음 뒤로 물러서는 상황이 온다고 하더라도, 꿈은 다시 내가 원하던 목표를 향해 내 인생을 이끈다. 이건 내 실질적인 경험담이 담긴 사실이다.

지금 생각해 보면 조금 아쉬운 생각이 든다. 꿈의 위력을 알고 난 후 '고등학교 시절 외국어 잘하는 꿈 말고 조금 더 장대한 꿈을 꾸었더라면 난 이미 그 꿈을 이뤘을 것을….'이라는 생각을 종종하며 아쉬워하기도 했다. 하지만 지금이라도 알았으니 다시 이 좋은 꿈을 꿔야 하지 않겠는가. 지금은 새로운 꿈을 더 간절하고 절실하게 꾸고 있다.

자신에게 마음속 깊이 박힌 꿈과 그 꿈에 대한 신념이 있다면, 내가 그 꿈을 이룰 수 있도록 상황이 저절로 만들어진다. 그래서 나는 지금 내 꿈을 더욱 명확하고 크게 꾸고 열망하고 있다. 그리고 내가 원하는 꿈을 꼭 이룰 것이라고 믿는다. 꿈을 향해 하루가 다르게 성장하고 있는 나를 깨달을 때마다 참 다행이고 감사한 마음이 든다.

당신에게 '꿈이 무엇입니까?'라고 물어본다면 3초 안에 대답할 수 있는, 마음속 깊숙이 자리 잡고 있는 꿈이 있는가? 꿈이 없었던 사람들도 있겠지만, 자신이 원하던 꿈이 있었어도 불가능하다는 생각으로 처음부터 꿈을 어딘가에 숨겨 두고 있는 사람도 분명 있을 것이다. 저기 구석에 처박아 두었던 꿈을 끄집어내어 다시 생각해 보자. 정말 꿈이 없었던 사람들도 자신이 무엇을 원하는지 생각해 보자.

꿈은 대단하지 않아도 된다. 부담을 가지고 생각해야 할 정도로 크지 않아도 된다. 작은 꿈을 이루는 것부터 차근차근 시작하면 된다. 만약 자신이 무엇을 원하는지 잘 모르겠다면 아직 경험이 부족한 상태일 확률이 높다. 아르바이트, 여행 등 자신이 하는 일에 대한 그 어떤 경험이라도 좋다. 많은 경험을 가리지 않고 해 보자. 그러면 자신에게 잘 맞고, 그 일을 함으로 즐겁고, 원하며, 이루고 싶다는 욕구가 생길 수 있는 꿈을 찾게 될 것이다. 당신 인생의 초점을 오직 자신에게 맞춰보자. 무엇이든 해 보면서 자신이 원하는 꿈을 적극적으로 찾아보자.

꿈과 목적 없는 인생에 이미 적응이 되어 있다거나, 아니면 새로운 도전이 두려워서 그냥 편한 것에만 안주하며 살아간다면 당신의 삶은 즉, 현재 그대로가 운명이 되어버리고 말 것이다. 하지만 당신이 자신의 삶을 원하는 방향으로 바꿔나가려고 노력한다면 당신의 삶은 반드시 변화할 수 있으며 이룰 수 있다.

인생은 꿈이 있는 삶과 꿈이 없는 삶으로 나뉜다. 여기서 확실한 사실은 성공한 사람들, 자신의 삶에 만족하고 행복을 느끼며 사는 사람들의 공통점은 모두 꿈이 있었다는 것이다. 그리고 그들의 꿈은 언제나 현재 진행형이다. 당신의 삶이 불안한가? 앞으로의 미래가 불투명하다고 생각하는가? 지금 무엇을 해야 할지 삶이 막막한가? 일단 당장 자신의 꿈부터 정하고 꾸어보자.

내 미래를 위한 꿈의 시작

당신의 꿈을 따라가세요. 돈을 좀 못 벌더라도 결코 궁핍하진 않을 겁니다.
아니면 다른 사람의 꿈을 좇아가세요. 돈을 좀 벌겠지만 결코 풍요롭진 않을 겁니다.

-파울로 코엘료(Paulo Coelho)의 《내가 빛나는 순간》 중에서

내 인생의 걸림돌이었던 모든 빚을 해결하고 나니 나는 새로운 날개를 얻은 것 같았다. 지금까지 내가 겪었던 힘든 시간들이 주마등처럼 하나하나 스쳐 지나갔다. 한순간에 빚더미에 앉아 나의 처지가 실감이 나지 않아 눈앞이 하얘지던 때를 시작해, 설상가상 아파서 중환자실에 있었던 절망적인 시간, 다양한 일을 해 보며 겪었던 값진 경험

들 등 많은날들을 웃고 웃으며 나의 마음도 성장했다. 이런 희로애락을 통해 내가 생각했던 것보다 훨씬 더 찐한 20대를 보냈다.

내가 살아온 20대 인생은 하늘에서 주는 숙제를 풀어나가며 지낸 것 같았다. 마냥 평온한 날은 없었다. 하늘은 언제나 나에게 숙제를 휙휙 던져 주셨다. 그 숙제를 풀어나가면서 나는 그 어떤 곳에서도 얻을 수 없는 크고 소중한 선물을 받았다. 그 결과 나는 자유롭게 꿈을 꿀 수 있는 용기를 얻었다.

나는 영어, 중국어 등 공부하고 싶은 것들을 틈틈이 공부했지만 내가 생각한 종착지는 항상 취직이었다. 회사에 입사해서 일하는 것이 당연하다고 생각했었다. 그리고 나는 우리나라에서 가장 큰 성형병원에서 각국의 외국인들과 소통할 수 있는 업무를 하게 되었다. 하지만 직장은 어디든 똑같은 직장이었다. 직장을 다닐 그 당시는 소속감에 안정감은 느낄 수 있었지만 역시나 내 미래는 보이지 않았다. 매일 주어진 일만 처리하며 시간만 때우기 바빴다.

갑작스레 내게 일어난 힘든 고비들을 넘기며 나는 확실하게 깨달았다. 세상에 정해진 정답 같은 인생은 없다. 인생은 내가 생각했던 대로만 흘러가는 것이 절대 아니다. 하지만 내 인생의 문제에 대한 올바른 답은 오직 나만이 정할 수 있다. 나는 직장에 다니면서 내 미래에 대한 답을 찾을 수가 없었다. 직장은 이미 그 회사들만의 답이 정해져 있었다. 내가 결정할 수 있는 것은 오직 회사에서 정한 규칙만을 따르느냐, 마느냐 이 두 가지뿐이었다. 나는 조용히 그 규칙만을 따르며 내 인생을 보낼 수는 없었다. 그러기엔 난 행복하지 않았다.

오늘 하루는 내 인생에서 가장 젊고 소중한 날이지 않는가. 나는 내가 스스로 결정한 것들에 대해서 자신 있게 책임을 지며 살고 싶었다. 그런데 무턱대고 직장만 다니고서는 아무생각없이 회사에 끌려다니며 사는 것 밖에 안된다는 생각이 들었다. 그래서 내가 원하는 삶, 하고 싶은 것들에 대해 생각을 해 보았다. 일단 내가 원하는 자유를 찾는 것부터 시작했다. 자유롭게 어디든 다니며 할 수 있는 일을 찾다 보니 컴퓨터와 관련된 일이었고, 또 그와 관련된 일을 하다 보니 어느새 내가 감히 동경하기만 했었던 작가가 되었다.

물론 어딘가에 소속되어 있지 않은 현재는 모든 것들을 내가 창조해야만 한다. 그렇지만 한계는 없다. 지금은 꿈을 명확하게 꾸고 미래를 생각할 수 있게 되었고 내 행동에 대한 책임은 내가 자신 있게 지며 매일매일 하늘만 봐도 행복한 삶을 살고 있다. 직장에 있을 때는 힘들지 않은 일을 해도 행복하지 않았다. 하지만 꿈이 있는 지금은 일이 힘들어도 행복하다.

“인생은 강물과 같다. 우리는 어디로 가 닿겠다는 구체적인 생각없이 그냥 인생의 강물에 뛰어든다. 얼마 흘러내려 가지 않아서 여러

가지 사건과 두려움, 도전 등 이런저런 일을 만나게 된다. 우리는 강물이 갈라지는 분기점에 접어들게 되어도 가고 싶은 곳이 어디인지, 어느 방향으로 가는 것이 옳은지 제대로 결정하지 못한다. 그냥 강물을 따라 흘러갈 뿐이다. 우리는 자신의 가치체계가 아니라 사회적 환경에 지배당하며 사는 집단의 구성원이 된다. 결과적으로 우리는 자신의 운명을 통제할 수 없게 되어버렸다고 느낀다.

이렇게 생각 없이 살아가다가 어느 날 갑자기 물살이 빨라지고 요동치는 소리를 듣고 놀라 깨어나게 된다. 그제야 바로 몇 미터 앞에 나이아가라 폭포가 있음을 발견하지만, 강변으로 배를 저어나갈 노조차 가지고 있지 않다. '아' 하고 한탄하지만 때는 이미 늦었다. 우리는 강물과 함께 낭떠러지 폭포로 추락한다.

때로는 감정의 추락이기도 하고 신체적인 추락, 또는 경제적인 추락이 될 수도 있다. 살면서 어떤 도전을 받더라도 상류에 있을 때 좀 더 나은 결단을 내렸더라면 추락은 면할 수 있었을 것이다. 지금 거세게 흐르는 강물에 빠진 채 흘러가고 있다면 어떻게 해야 할 것인가? 미친 듯이 노를 저어 새로운 방향으로 나아가든지, 아니면 새로운 계획을 세워야만 한다.

-앤서니 라빈스(Anthony Robbins)의 《네 안에 잠든 거인을 깨워라》중에서

우리는 살면서 언제든지 인생의 길을 잃을 수 있다. 하지만 이루고 싶은 꿈이 뚜렷하게 있다면 길을 잃을 일이 거의 없다. 만약 길을 잃

어도 잠시뿐, 꿈을 이루기 위한 방법을 어떻게든 찾아 다시 전진할 것이다. 꿈은 우리가 살아갈 수 있도록 인생의 방향키 역할을 한다. 또한, 열정을 가질 수 있는 삶의 활력소가 된다.

나는 내 미래를 위한 꿈을 처음으로 뚜렷하게 꾸게 되었다. 이루고 싶은 목표가 명확하게 있으니 오히려 마음이 편하다. 정해놓은 꿈을 향해 어떻게든 가면 되니까 말이다. 내가 창조하는 미래를 생각하면 가슴 벅차게 설레지만, 가끔은 조금 두렵기도 하다. 그렇지만 앞으로의 나의 미래가 막막한 것이 아닌 눈부시게 빛날 것을 알기에 두려움쯤은 거뜬히 이겨내고 있다. 만약 내가 무언가를 이뤄야겠다는 꿈이 없었다면 어떤 일에서든 마음이 쉽게 흔들렸을 것이다. 하지만 내가 스스로 정한 미래가 있기에 모든 것을 이겨내는 힘이 나온다는 것을 나는 확실히 알았다. 내 인생은 세상에서 정해준 기준이나 누군가의 시선이 아닌, 내 꿈을 중심으로 시작과 결과가 결정된다. 스스로 결정하고, 책임지는 삶은 언제나 옳다.

지금 당신의 미래가 불투명하다고 생각한다면 자신이 무엇을 원하는지, 하고 싶은지, 어떤 꿈이 있는지부터 생각해 보자. 그 무엇이든 좋다. 그리고 그 꿈에 관한 생각을 "내가 할 수 있을까?"가 아닌 "나는 할 수 있다."로 기본 마음가짐을 바꾸자. 꿈이 없다면 "내 꿈을 찾을 수 있을까?"가 아닌 "내 꿈을 찾아보자."로 관점을 바꿔서 생각하자. 당신은 생각보다 많은 능력을 갖추고 있고 무한한 가능성이 있다. 그리고 그 가능성은 당신을 위해 존재한다. 자신의 인생을 세상에 맡기며 흘러가는 대로 사는 것이 아닌, 내가 설계하는 나만의 인생을 살자.

내일은 없다, 나를 위해 당장 실행해라

앞으로 20년이 지나면 당신은 당신이 한 일보다는 하지 않은 일들 때문에 더 후회할 것이다. 그러니 닻을 올려 안전한 포구를 떠나라. 당신의 돛에 무역풍을 가득 안고 출발하여 탐험하라. 꿈꾸라. 그리고 발견하라.

-마크 트웨인(Mark Twain)

요즘 유튜브가 남녀노소 누구에게나 사랑을 받고 있다. 나는 몇 년 전부터 유튜브를 하고 싶은 마음이 있었다. 미래지향적인 일이기도 했고, 온라인으로 일을 시작하는 나에게 아주 좋은 경험이 될 거라고 생각했다. 하지만 영상을 직접 찍고, 편집하고 제작하는 것에는 전혀 지식이 없었던 나는 차마 용기를 내지 못했다. 그리고 영상을 찍으려면 촬영 장비와 편집을 위한 고 사양의 컴퓨터 등을 완벽하게 갖추고, 어떤 것을 찍을지 나만의 컨텐츠를 확실히 정하고 시작해야 한다고 생각했기 때문에 하기가 더욱 어려웠다.

'이번 주 내로 해 보자, 이번 달 안엔 하자' 별의별 핑계를 대며 영상 올리기를 미뤘다. 그렇게 차일피일 미루니 한도 끝도 없었다. 처음엔 그렇게 하고 싶어 했던 나였지만, 나중엔 '내가 이걸 꼭 해야 하는 건가.' 하는 생각이 들기 시작했다.

이대로는 안 될 것 같아 일단 유튜브를 어떻게 올리는지, 어떻게 운영해야 하는지 등을 강의를 듣고, 관련 책들을 보며 공부했다. 공부를 하면 할수록 답은 '내 컨텐츠가 있든 없든 무조건 영상을 올려봐라'였다. 처음엔 별거 아닌 영상을 올리는 것조차 겁이 났다. 그래도 눈 딱 감고 '못 먹어도 Go!'인 마음으로 먹방, 강의, 낭독 등 이것저것 올렸다. 여러 분야를 시도하다 보니 내가 무엇을 하고 싶은지, 어떤 콘텐츠가 나에게 맞는지를 발견하게 되었다. 그때 또 느꼈다. 일단 하고 싶은 것이 있다면 무조건 실행하고 부딪쳐야 한다는 것을.

고성능 컴퓨터, 장비 없이 나의 콘텐츠만으로 유튜브를 키워 시작한 지 얼마 안 된 지금은 어느새 채널이 성장해 수익을 창출하고 있다. 나무 의자를 만드는데 나무토막을 수없이 자르고, 망치로 두들기고 사포질하며 조각이 끼워 맞춰져 결국 완성이 되듯이 그렇게 막막했었던 유튜브도 무작정 여러 가지를 시도해 보니 나에게 맞는 퍼즐

이 끼워 맞춰졌다. 장비가 없으면 없는 대로, 화려한 편집기술 없으면 없는 대로 말이다.

그렇다. 당장 실행하지 않으면 나의 목표와 꿈은 흐릿해져 간다. '내일 해야지, 다음번에 해야지, 내년에는 꼭 해봐야지… 언젠간 꼭 해봐야지.' 이런 건 없다. 지금 당장 하지 않으면 모든 것은 흐릿해진다. 우리는 원하는 것이 정말 많다. 원하는 것이 많은 것은 좋다. 하지만 실행은 하지 않으면서 원한다. 그리고 자신이 원하는 것들이 이루어지지 않으면 현실은 어쩔 수 없다면서 회피하고 합리화하고 만다. 하지만 모든 것들은 실행해야 이루어진다. 생각만 하고 실행하지 않으면 절대 아무런 일도 일어나지 않는다. 자고 일어나면 하늘에서 원하는 것이 뚝 떨어지는 일은 결코 없을 것이다.

나는 노트북만 있으면 내가 원하는 일을 자유롭게 할 수 있는 삶을 살기 위해서 온라인과 관련된 일을 찾았다. 이것저것 알아보던 중 블로그 마케팅을 알게 되었고 그 일에 대해서 집중적으로 배우고 있을 때 새벽CEO K대표님을 만났다. 그분을 통해 온라인을 활용해서 내가 일을 할 수 있는 것들이 무궁무진하다는 것을 알게 되었다. 그리고 나는 1인 창업가로 나를 브랜딩하여 일하는 것을 1차 목표로 정했다. 창업을 하기 위해서는 나의 지혜와 지식뿐만 아니라 고객과 소통하기 위한 마케팅을 여러 방면에서 할 줄 알아야 했다.

다행히 나는 이미 온라인 마케팅에 관련된 일을 하고 있었기 때문에 어느 정도 알고 있었고 충분히 바로 활용할 수 있었다. 어느 날 대표님이 나에게 책을 써보지 않겠냐는 제안을 하셨다. "책이요?" 나는 뜻밖의 제안에 처음에는 눈을 크게 뜨고 되물었다. 그 제안을 받은 후에도 정말 많이 고민했다. 내가 그 당시 온라인 마케팅 관련 일을 하기에도 밤을 새우며 해야 할 일들이 너무 많았기 때문에 걱정이 되었다. 그리고 '내가 정말 글을 쓸 수 있을까?' 하는 두려움도 있어 선뜻 시작하기가 어려웠다. 하지만 문득 그런 생각이 들었다.

'내 꿈을 이루기 위해 도움이 될 수 있는 아주 좋은 기회가 왔는데 어렵고 벅차다고 이 기회를 포기한다면, 언제 또 이런 기회가 올 수 있을까? 아니다. 내가 이 기회를 그냥 지나쳐버린다면 분명 나중에 땅을 치고 후회할 것이다.'라는 생각이 들었다. 이번 기회를 놓치면 안 될 것 같다는 느낌이 강하게 들었다. 그래서 나는 바로 글을 쓰기 시작했다. 그리고 어느새 작가가 되었다. 책 쓰기는 내 인생에서 가장 잘한 선택이었다. 내 꿈도 꿈이지만 내가 생각하는 인생의 폭을 더 넓힐 수 있었고 자아를 단단하게 확립시킬 수 있었다. 뿐만 아니라 내가 좋아하는 책을 읽을 때 항상 동경만 했던 '글쓰기'에 대한 매력을 톡톡히 느낄 수 있었다.

실행한다는 것은 그냥 지르는 것과 같다. 예를 들자면, '아, 여행 가고 싶다.'라고 입으로 노래만 부르는 사람이 있는가 하면, 어떤 사람은 정말 여행을 가고 싶으면 바로 비행기 티켓을 질러버린다. 그러면 어쩔 수 없이 가게 된다. 나의 친한 언니는 여행을 가고 싶으면 바로 비행기 티켓과 숙소를 예약해버린다. 그래서 다녀온 국가가 몇십 곳이다. 그렇게 바로 실행해서 체험한 경험들은 그 어떤 것들보다 큰 자산이 된다.

바로 실행할 자신이 없어서 스스로 용기가 없다고, 게으르다고 탓할 게 아니라 꼭 필요해서 해야만 하는 이유를 정한다면 조금 더 실행하기 쉬워진다. 당장 내가 실행해야 하는 것들이 부담이 되고 힘든 일이라면, 조급히 생각하지 말고 우회적으로 할 수 있는 것들, 먼저 접근하기 쉬운 것들을 생각하고 실행해 보자. 생각이 많거나 한번 주저하게 된다면 실행은 어려워진다.

딱 한 번뿐인 내 인생은 정말 짧다. 당신이 실행해야겠다고 생각하는 '지금, 바로 이 순간'이 가장 빠를 때이고 행동할 때이다. 실행하고 난 다음은 어떻게 하냐고? 목표를 확실히 정하고 자신이 해야 할 일들을 멈추지 않고 실행하며 버티다 보면 어느새 해답의 길이 보일 것이다. 내일은 없다, 나를 위해 당장 실행하라.

내 인생의 가치는 내가 만드는 것이다

"나는 뭐 하나 잘하는 게 없어. 사람들도 나한테 재능이 없대."

내 친구 K는 20대부터 전문직으로 경력을 남부럽지 않게 쌓아온 훌륭한 여성이다. 그녀가 얼마 전에 나와 수다를 떨며 고민을 털어놓았다. 자신이 무엇을 하든 사람들이 재능이 없다고 하고, 자신이 생각해도 자신이 잘하는 것이 없다고 했다. 그래서 누군가를 만나도 스스로에 대한 자신감이 없어서 한없이 작아진다고 했다. 나에게는 자기 일을 누구보다 멋지게 해내고 있는 훌륭한 사람인데 정작 그 친구는 자신의 훌륭한 가치보다는 부족한 부분에만 초점을 두고 우울해하고 있었다.

"너처럼 성실하고 일 잘하는 전문직 여성 찾기 힘들어. 너는 착하고 상대방을 편하게 해주는 재능을 가지고 있어. 그건 노력해도 갖기 쉽지 않은 힘든 재능이야. 네가 너 자신을 충분히 사랑해 주지 않으면 다른 사람도 너를 사랑해 줄 수 없어. 너는 충분히 예쁘고 가치 있는 여자야."라고 나는 만날 때마다 매번 말해주고 있다. 그 후 그녀는 조금씩 변화했다. 자신감을 가지고 자신의 삶에 대해 한 발자국씩 용기 내어 도전하고, 원하는 것을 향해 나아가고 있다.

사람들은 돈이 많으면, 유명해지면, 똑똑하고, 시험에서 백 점을 맞으면 행복해질 거라고 생각해요. 행복은 1등을 한다고 오는 게 아닙니다. 물론 좋은 성적에 부모님께서 기뻐하시겠지만 그게 중요한 것이 아닙니다. 여러분의 꿈을, 운명을 찾아야 해요. 우리들의 길은 서로 달라요. 서로를 비교하지 마세요. 당신은 무엇을 가지고 있나요? 저는 팔, 다리가 없어도 행복을 느낄 수 있어요. 살면서 실패하고 좌절해도 포기하지 마세요.

당신이 어떤 모습이든 당신은 소중하고 아름답습니다. 휠체어를 타든 아니든 가난하든 부자든 CEO든 평범하든 당신은 소중해요. 인생의 소중한 것들은 절대 돈을 주고 살 수 없습니다. 그 누구도 여러분의 가치와 기쁨을 뺏어갈 수 없습니다. 계속 시도하고 절대 절대 절대 포기하지 마세요. 당신은 해낼 수 있습니다. 제가 할 수 있으면 여러분도 할 수 있어요. 절대 포기하지 마세요. 오늘은 오늘만 생각하고, 사랑하는 방법을 배우고 본인을 좀 더 사랑하세요.

-닉 부이치치(Nick Vujicic) 《SBS 힐링캠프》중에서

닉 부이치치는 전 세계에 행복을 전하는 강연가이다. 그는 태어날 때부터 팔, 다리 모두 온전하게 갖고 있지 않았다. 그는 10살 때 삶을 포기하려 했었고, 희망보다는 절망을 먼저 배우며 자랐다. 하지만 지금 그는 그 누구보다 행복한 삶을 살고 있고, 사람들에게 인생의 행복에 대해 널리 알리고 있다. 많은 사람들은 닉이 팔, 다리가 없어서 아무것도 제대로 하지 못할 것으로 생각했다. 하지만 그는 현재 있는 것들에 대해 감사하며 자신의 가치를 찾아갔다. 작은 발이 있다는 것에 대해 감사해하였고, 자신이 이겨냈던 고통에 대해 희망과 행복을 배우고, 그러한 배움에 대해 사람들에게 희망을 주고, 영향력 있고, 가치 있는 사람으로 누구보다 행복하게 살아가고 있다.

'이렇게 팔, 다리 없는 장애가 있는 사람도 행복하게 사는데 당신은 왜 당신의 존재에 대해 감사함을 모르고 사느냐.'라는 이야길 하고 싶은 것이 아니다. 평소에 사람들은 자기 자신이 얼마나 가치가 있는 사람인지 모르고 산다. 회사에 면접을 보면서 면접관이 평가하는 자신의 가치를 진짜라고 믿고, 가족들과 주변 사람들이 자신에 대해 말하는 가치를 자신의 가치라고 믿으며 사는 사람들이 많다. 다른 사람의 평가에 의해서 자신의 가치를 판단하고 단정 지으며 그렇게 믿고 살아간다. 하지만 나에 대한 정의는 오직 나만이 할 수 있다. 내가 나의

가치를 결정하면 다른 사람들 또한 나를 그렇게 바라보고 생각한다.

나도 20대의 반 이상의 시간을 내가 쓸모없는 사람이라고 생각하며, 세상에서 '작은 점' 하나에 불과하다고 생각했었다. 내가 어느 직장을 가도 득달같이 찾아와 아무 일도 할 수 없도록 상황을 만드는 채권자들, 그 와중에 비싼 병원비까지, 돈은 돈대로 들어가고 아픈 내 몸이 마냥 애물단지 같았다. 그때 당시 내 인생은 정말 가치가 없다고 생각했고, 신은 존재하지 않는다며 원망했다. 정말 신이 있다면 나에게 이런 답이 없는 삶을 주리라고 생각하지 않았기 때문이다.

나란 존재 자체가 하찮고, 세상에 필요 없다고 생각했었을 때, 내가 처한 상황의 모든 원인과 이유가 나를 옥죄여 더욱 작아지게 했다. 핸드폰이 고장 나면 '이제 너까지 나를 무시하는구나.'라는 생각이 들 정도로 사소한 모든 것들까지 나를 무시한다고 생각했었다. 내가 부정적이고 부족하다고 생각하는 것들은 그렇지 않은 다른 부분들까지 부정적으로 만들었고, 점점 나를 쓸모없는 존재로 만들었다. 그런데 생각해 보니 내 주위를 둘러싼 부정적인 모든 것들의 근원은 '나'였다. 내 인생에 고비가 왔을 때, 나는 모든 일에 대한 부족한 부분과 부정적인 것들만 생각했다.

하지만 내가 관점을 달리하니 세상이 다르게 보였다. 내 곁에 남아 있는 사람들이 보이기 시작했다. 나뿐만 아니라 우리 가족 모두가 힘들었던 상황에도 내가 밥이라도 굶고 다닐까 봐 전전긍긍하며 내 건강을 챙겨주었던 이모와 엄마, 비가 올 때나 내가 다쳤을 때 언제나 달려와 주었던 사촌오빠, 기쁠 땐 축하해 주고 힘들 땐 항상 도와주었던 삼촌과 외숙모 등 나를 사랑해 주는 가족이 있다는 것을 깨달았다. 나는 내 인생 최악의 상황에 처해 있었지만, 나를 사랑으로 보살펴 주는 든든한 사람들이 있다는 것을 알았다. 그리고 그 감사한 것들의 중심에는 내가 있었다. '나'라는 사람이 존재하기에 모든 것을 느낄 수 있는 것이었다. 내가 잃은 것들에 관한 생각을 멈추고, 나에게 있는 것들에 초점을 맞추니 마음도 가벼워지고, 삶이 훨씬 풍요로워졌다.

내가 처한 최악의 상황에 관한 생각을 멈추고, 지금 나에게 있는 것들 즉, 잃고 싶지 않은 것들에 대해 감사하게 생각하니 나는 '그 누구와도 바꿀 수 없는 세상에 하나뿐인 나'였다. 이런 생각이 들며 나는 '그럼에도 불구하고, 나는 이겨낼 것이다.'라는 결심을 하게 되었다. 그리고 내가 처한 문제들의 해결책을 찾는 '나'의 모습이 보이기 시작했다.

'어린 나이에 일찌감치 파산하여 아무것도 가진 것 없는 나'라고 생각한다면, 나는 그런 한 없이 초라한 사람이 된다. 그리고 다른 사람도 나를 그런 시선으로 바라볼 것이다. 하지만 '일찌감치 어려움을 겪고 어떠한 상황이든 좌절보다는 해결방법을 찾을 줄 아는, 무한한 가능성과 가치 있는 나'라고 생각하면 나는 정말 그런 사람이 된다.

내 존재는 그 무엇보다 가치 있고, 나는 소중하다.

'나는 불행해.' - '나는 정말 행복해.'
'나는 이미 틀렸어.' - '나는 앞으로도 좋은 일만 가득할 거야.'
'내 인생은 왜 이러는 걸까.' - '나는 충분히 잘하고 있어.'
'나는 왜 이렇게 가진 게 없지.' - '내가 가진 모든 것에 감사해.'

항상 나의 가치를 좋은 방향으로 생각하자. 우리의 인생은 긴 여정이라 할 수 있다. 좋은 일이 있는 만큼 나쁜 일도 반드시 있다. 남들과 비교하고 그들의 시선을 두려워하지 않았으면 좋겠다. 당신은 발견할 수 있다. 자신의 단점이 아닌 장점을, 절망이 찾아와도 그 안에서 행복을 찾을 수 있다. 그 행복을 찾는 자만이 미래를 두려워하지 않고 나아갈 수 있다.

명심하자. 나의 가치는 그 누구도 아닌 내가 만드는 것이다. 현재 당신에게 없는 결핍에 대해서만 생각을 한다면, 당신은 자신에게는 물론 누구에게나 쓸모없는 사람이 될 것이다. 하지만 현재 있는 것들에 대해 감사하게 생각하고, 스스로를 소중히 여기며 사랑한다면, 당신은 이 세상에 있는 그 누구와도 대체할 수 없는 오직 하나뿐인 소중한 존재가 된다. 그리고 그것이 현재 당신의 모습이다. 자신의 존재를 존중하고 사랑해야 남들도 당신을 소중하게 여긴다. 이 사실을 꼭 기억하고 자신을 가치 있는 사람으로 여기기를 바란다.

해야 할 일보다 하고 싶은 일을 하라

내가 가는 이 길이 어디로 가는지
어디로 날 데려가는지 그곳은 어딘지
알 수 없지만 알 수 없지만 알 수 없지만
오늘도 난 걸어가고 있네

사람들은 길이 다 정해져 있는지 아니면
자기가 자신의 길을 만들어가는지
알 수 없지만 알 수 없지만 알 수 없지만
이렇게 또 걸어가고 있네

나는 왜 이 길에 서 있나, 이게 정말 나의 길인가

이 길의 끝에서 내 꿈은 이뤄질까……

나는 무엇을 꿈꾸는가, 그건 누굴 위한 꿈일까
그 꿈을 이루면 난 웃을 수 있을까
오, 지금 내가 어디로, 어디로 가는 걸까

난 무엇을 위해 살아야 살아야만 하는가

90년대 유명했던 그룹 가수 god의 《길》이라는 노래 가사 일부분이다. 내가 직장을 다니던 시기에 출퇴근길에 참 많이 들었던 노래다. 그 당시에는 이 노래 가사가 참 내 마음에 심금을 울렸다.

사람들은 자신에게 '주어진 일'을 할지, '하고 싶은 일'을 할지에 대한 고민을 정말 많이 한다. 대부분 돈도 어느 정도 벌 수 있고, 주변 사람들에게 인정도 받을 수 있는 안정된 일을 선택하는 것이 '주어진 일'에 속하지만, 내가 '하고 싶은 일'들은 그렇지 않을 확률이 높다. 그래서 갈림길에서 고민한다.

자신이 원하는 일을 하고 싶지만, 선뜻 선택이 망설여진다면 그 일은 자신이 해 보지 않았던 일이거나, 미래를 선명하게 예측할 수 없는 미래가 흐릿한 일일 확률이 높다. 그래서 주변 사람들의 시선에 신경 쓰고, 자신도 잘할 수 있을지에 대한 확신이 없다. 이런 갈림길에 서 있을수록 잘 선택해야 한다. 모든 결과에 따른 책임은 본인이 지는 것이니 말이다.

그래서 하고 싶은 일을 선택할 때는 해야 할 것들이 있다. 그중 내 경험을 바탕으로 가장 중요한 두 가지를 말해 보겠다. 첫 번째, 하고 싶은 일을 할 때, 그 일에 대한 정확한 목표와 꿈을 정하는 것이 중요하다.

아마 이 책을 읽으며 '이 사람은 왜 이렇게 목표, 목표, 꿈, 꿈 노래를 부르는 것일까.'라고 생각하는 사람이 분명 있을 것이다. 나도 목표와 꿈에 대한 중요성을 알기 전까지는 목표에 '목' 자도 생각지 않고 세우기도 귀찮아하는 사람이었다. 물론 그냥 '토익 점수 따기'나 '관광 통역 안내사' 등 실제로 쉽게 정할 수 있는 점수나 자격증처럼 인생에서 큼직하게 정해야 하고 꼭 필요했었던 부분에 대해서는 목표가 있었지만 말이다. 하지만 내 인생에서 '나는 목표가 이것이다! 언제까지 이 목표를 기필코 이룰 것이다!'라는 상세한 목표는 잘 세우지 않았었다.

매일 뚜렷하게 상상할 수 있는 꿈이 있고, 실행하는 목표가 있는 지금 확실하게 깨달은 것이 있다. 과거의 나는 이뤄야 할 정확한 목표와 꿈이 없었기에, 나의 몸과 마음을 다해 직장에서 종일 일해도 god의《길》에 나오는 가사처럼 내 인생이 어디로 흘러가고 있는지 모르고 있었다. 나의 소중한 인생은 빠르게 지나가고 있는데, 온종일 여기저기 치이며 힘들게 일을 해도, 내가 무얼 하며 있는 것인지 알지 못한 채 인생을 산다면 얼마나 슬픈 일이란 말인가?

하지만 하고 싶은 일에 대해 먼저 목표와 꿈을 정하고 행동한다면 이야기가 달라진다. 내가 하고 싶은 일이든, 그렇지 않은 일이든 뭐든 하면 고비란 반드시 찾아온다. 그때 원하는 일에 대한 명확한 목표가 있다면 고비가 와도 무엇을 해야 하는지 알고, 크게 방황하지 않는다. 쉽게 말해 현실 자각 타임 일명 '현타'가 거의 오지 않는다. 또한, 하고 싶은 일에 대한 열정도 오래도록 지속시킬 수 있다. 일에 대한 뚜렷한 목표가 있다면 어려움이 와도 목표를 이룰 때까지 쉽게 포기하지 않는다.

하고 싶은 일을 선택할 때 해야 할 것 두 번째는 '하고 싶다.'가 아닌 '무조건 해낸다.'라는 확고한 마음가짐을 갖는 것이다. 이런 확고한 생각은 하고 싶은 일에 대한 성공 여부에 굉장히 중요한 영향을 끼친다. 대부분의 사람들이 '하고 싶은 일'을 선택하고 싶지만 '과연 내가 할 수 있을까…', '만약 실패하면 어떡하지….'라는 생각을 하며 자신에게 확신을 갖지 못한다. '나에게 불가능은 없다. 안 되는 일도 되게 할 수 있다.'라고 생각하는 열정을 가지고 시작해도 나중에 열정이 식을까 말까인데 처음 시작하기도 전부터 자기 자신에 대한 확신조차 갖지 못한 채 겁부터 먹는다면 될 일도 안 된다.

사람은 태어날 때부터 5가지 이상의 재능을 가지고 태어난다고 한다. 본인이 하고 싶은 일은 본인이 충분히 할 수 있는 것이기 때문에 본능적으로 끌리는 것이다. 시작 전부터 자신을 과소평가하지 않았으면 좋겠다. 정말 어려운 일일지라도 용기를 내서 해 보면 생각보다 어렵지 않고, 힘들다 하더라도 자신이 충분히 해낼 수 있는 일이라는 것을 느낄 수 있을 것이다.

나도 그랬다. 내가 하고 싶은 일에 도전한다는 것은 생각보다 많은 용기가 필요했다. 내가 창업을 시작하고, 책을 쓴다는 것도 마찬가지였다. 글을 쓰기 시작할 때까지 '내가 잘 쓸 수 있을까?'라는 생각만 들고, 확신도 부족했다. 책을 쓰고 싶어서 시작하기로 마음을 먹긴 했지만, 시작하는 용기를 갖기가 참 쉽지 않았다. 그렇기에 마음을 다잡아야 했었다. "난 무조건 내 책 출판한다!"라는 마음을 갖고 시작했다. 하지만 막상 시작하니 한 자도 못 쓸것만 같았던 글이 조금씩 써졌고 심지어 너무 재미있었다. 내가 글쓰기에 재능이 있었는지 처음 알았다. 물론 천재적인 재능은 아니지만 내 기준에서는 워낙 기대감이 낮았기에, 생각보다 잘 쓰니 스스로 대견했다. 한 제목, 한 제목 글을 완성할 때마다 내가 느끼는 성취감이란 이루 말할 수 없이 행복하고 뿌듯했다. 이런 행복은 내가 하고 싶은 일을 하고 그 일들을 해냈을 때만 느낄 수 있는 성취감이다.

현실적인 해야 할 일과 나의 이상적인 꿈 중 어떤 것을 택해야 할지는 본인 선택이다. 당장 코앞의 경제적인 안정을 택해야 할지, 지금 자신이 하고 싶은 일을 해야 할지 둘 중 하나를 선택해야 하는 것이 정말 어렵다는 것을 안다. 그래서 용기가 필요하다는 것이다. 자신이 하고 싶은 일을 하고 나서 실패했을 때를 생각하고 스스로 감당할 수 있는 선택이어야만 할 것이다. 내 경험을 비추자면, 하고 싶은 일을 선택한 것이 정말 잘했다는 생각을 늘 한다. 이유는 이 책을 통해 지겹도록 말하고 있으니 독자들을 위해 되감기하진 않겠다.

나는 모든 것을 감당할 마음으로 간절한 선택을 했다. 간절했던 만큼 내 능력치가 올라감을 느낄 때 성취감도 크다. 그래서 나는 당신이 해야 할 일과 하고 싶은 일 사이에서 고민하고 있다면 죽기 전에 한 번쯤은 하고 싶은 일을 선택해 보라고 추천하고 싶다. 해 보면 알게 될 것이다. 꿈을 이룰 수 있다는 생각만으로 설레는 하루를 시작할 수 있다는 것을. 그리고 자신의 꿈을 이뤘을 때, 그 가치는 그 어떤 것과도 비교할 수 없는 백만 불짜리 가치라는 것을 깨달을 수 있을 것이다.

가장 안정적인 것이 가장 위험하다

"안전은 성장하지 않는 것을 의미하고, 성장하지 않는 것은 곧 죽음을 뜻한다."

- 심리학자 웨인 다이어(Wayne Dyer)의 《행복한 이기주의자》 중에서

내가 직장에 입사했을 때에는 특별한 목표는 없었지만 그래도 '기왕이면 들어간 직장에서 높은 위치까지 올라갔으면 좋겠다.'라는 생각으로 일하기 시작했다. 하지만 회사 일을 어느 정도 배우고 적응했을 때, 나는 오히려 내 미래를 생각하기 힘들었다. 미래는커녕 어느 순간 그냥 '오늘 하루도 잘 버티자.'라는 마음으로 눈 뜨면 아무런 생각 없이 일하러 다니는 '생각 없는 기계'가 되어버렸다. 지금 와서 생각해 보면 그런 '기계적인 삶에 익숙해져 버린 나'를 발견했을 때 가

장 무서웠다.

온종일 직장에서 시달리다 집에 오면 그 어떤 생각도 할 수가 없었다. 아무 생각도 하지 않고 그냥 쉬고만 싶었다. 이러한 생활이 계속되다 보니 나중에 퇴사하고 나서도 그다음 어떤 일을 해야 할지 내가 무엇을 하고 싶은지, 원하는 일이 무엇인지도 잘 생각이 나지 않았다.

하루하루 나이를 먹고 마음은 조급하지만 '다음 직장은 실패하면 안 된다.'라는 생각에 더욱 생각이 많아지고, 고민할수록 부정적인 생각 또한 커지면서 점점 나의 정체성을 잃게 되었다. 하지만 나는 항상 이런 상황에 쓰는 치트키가 있다. '급할수록 돌아가라.' 이럴 때 일수록 한 걸음 뒤로 물러나 생각해야 한다. 그래서 나는 책도 읽고, 내가 하고 싶은 것들을 리스트로 작성하여 무조건 실행해 보았다.

예를 들어 외국어를 잘하고 싶으면 자격증을 딸 목표로 공부해 보았고, 컴퓨터를 배우고 싶으면 컴퓨터 자격증을, 무역 쪽으로 일을 하고 싶으면 무역에 관련된 분야와 자격증을 찾아 공부해 보았다. 뭐든 배워보고 공부해 보고 실행해 보니 해답이 보이기 시작했다. 내가 원하는 것이 무엇이고, 어떤 삶을 살고 싶은지 말이다. 물론 나도 경제적으로 넉넉지 못했던 터라 틈틈이 아르바이트를 하며 실행해 본 것들이다.

직장은 언제든지 마음만 먹으면 들어갈 수 있다. 굳이 아르바이트 하면서 어려운 생활을 하지 않고도 어디든 취직만 한다면 적어도 기본적인 생활은 할 수 있겠지만, 그다음에는? 사람은 사람인지라 기계처럼 살아갈 수 없다. 내가 원하는 일을 해야 열정이 생기고 목표와 꿈이 생긴다. 내 마음에서 우러나는 열정이 있어야 그 어떤 고난과 역경이 와도 견디며 다시 일어나 원하는 미래를 향해 나아갈 수 있다.

내 생활이 전반적으로 안정을 찾은 지금에 와서 생각해 보면 내가 나의 미래를 위해 도전하고 실행을 해야 할 때, 왜 그렇게 실패하는 것을 무서워했는지 모르겠다. 그때 당시에는 실패가 너무 두려웠지만 그래도 어떻게 해서든 이겨내야 했기에 실패를 무릅쓰고 겨우 실행했었다. 가끔 실패가 두려워서 실행을 고민하며 낭비한 날들이 아깝다는 생각도 든다. 그렇게 고민할 시간에 한 번이라도 더 실패하고 얻는 교훈이 더욱 값지다는 것을 알아야 했거늘. 물론 이제라도 알았으니 천만다행이지만 말이다.

아마 모두들 비슷한 경험이 있을 것이다. 우리는 실패하는 것이 두려워 도전과 실행을 망설이며 고민을 한다. 그런 사람들에게 진심 어린 조언을 해 주고 싶다. 그냥 고민하지 말고 그 시간에 실패할 가능성이 크다고 생각하더라도 내가 원하고 꿈꾸는 일이라면 눈 딱 감고 한번 도전해 보라고 말이다.

정작 내 인생에서 중요한 결정을 해야 할 때, 언제나 성공했을 때의 그 자체의 경험보다는 실패를 겪고 난 후의 경험이 훨씬 더 도움이 많이 되었다. 실패했던 경험은 나를 더 성장시켜 훗날 중요한 결정을 해야 할 때 지혜로운 선택을 할 수 있게끔 해준다. 안정적인 생활을 하게 된다면 늘 생각해 왔던 그 틀 안에서만 생각하게 될 가능성이 아주 높다. 안정적이라고 생각하는 생활만을 지속하게 된다면 예상치 못한 일이 닥쳐왔을 때 고착된 생각 안에서만 대처 방법을 찾는다. 그럼 인생에서 그 어떤 발전도 성장도 없다. 모든 인생은 예상치 못하게 닥치는 일들의 연속이라는 것을, 늘 하늘에서 주신 숙제를 풀어나가면서 사는 것이 인생이라는 것을 당신도 너무나 잘 알지 않는가.

인생에 실패가 없으면 그 어떤 성장도 없다. 사람들은 대부분 실패할 가능성이 큰 일이나, 성공이 확실하지 않은 일들은 회피하며, 최대한 위험성이 없는 안전한 일을 하며 살아가는 것이 가장 옳은 일이고 좋은 일이라고 생각한다. 그러한 생각에서 요즘 많은 10대들은 공무원을 꿈꾸며 공부한다.

'투자의 신'이라고 불리는 세계 3대 투자가 짐 로저스(Jim Rogers)는 〈jobsN〉과의 인터뷰에서 이런 말을 했다.

"나는 깜짝 놀랐다. 한국 청년들의 공무원, 대기업 시험 열풍은 매우 부끄러운 일이다. 10대라면 영화배우, 축구선수 같은 걸 꿈꿔야 하는데 안정적인 공무원을 꿈꾸다니…. 중국, 러시아 등 어느 나라에 가더라도 10대들의 꿈이 공무원인 곳은 없다. 한국의 인구는 줄어들고 가계 빚은 늘어나는데 모두가 공무원 시험에 매달리면 그 나라는 어떻게 되겠는가." 아이들에게 큰 꿈을 가지도록 격려해야 하고 세상에는 다양한 직업군이 있으며 직업에는 귀천이 없어야 함을 가르쳐야 하는데 아이들에게 안전하기만을 꿈꾸게 하는 한국의 부모들을 지적했다.

세계적으로 유명한 심리학자 웨인 다이어(Wayne Dyer)는 《행복한 이기주의자》에서 독자들에게 이렇게 물었다. "당신은 1만 일이든 그 이상이든 지금까지 살아온 나날들을 진정으로 살아왔는가? 혹은 똑같은 하루를 1만 번, 또는 그 이상 재탕해 살아온 것은 아닌가?" 이 질문은 나에게 참 신선하면서도 내가 지금껏 살아온 인생에 대해 되돌아보게 되는 자극적인 질문이었다.

매일 재탕하는 생활을 살아갈 것인지, 하루라도 자신이 진정 원하는 삶을 살 것인지는 당신의 선택이다. 당신의 선택에 조금이나마 도움을 주자면 나는 진정으로 원하는 삶을 택했다. 내 꿈과 미래를 스스로 선택하고 개척할 수 있는 삶을 택했다. 사실 처음에는 이 선택이 조금 두렵기도 했다. 왜냐면 내가 가보지 않았던 길이기 때문이다. 하지만 지금은 하루하루가 정말 내 인생에 의미 있는 삶을 사는 것 같다. 요즘은 매일매일이 새롭고 후회가 없다. 1분 1초는 나를 위해 의미 있게 지내고 있다는 기분이 든다.

나는 하루가 다르게 발전하고 있다. 어제보다 오늘 더 발전한 내가 보이고, 내일도 모레도 내 꿈을 향해 설레는 삶을 살 것이기 때문이다. 이런 기분을 느끼며 사는 삶은 경험자로서 장담컨대 꼭 한번 살아볼 만하다.

제 2 장

실패가 없는 청춘은 청춘이 아니다

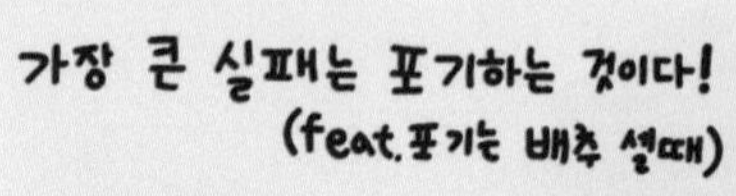
가장 큰 실패는 포기하는 것이다!
(feat.포기는 배추 셀때)
-마 윈-

흔들리며 피는 꽃이 아름답다

"언니, 저는 지금 무엇을 해야 할지 모르겠어요. 너무 지쳐서 아무런 생각이 안 나요."

어느 날 친한 동생이 나에게 고민을 털어놓았다. 그녀는 첫 직장에서 경력을 위해 1년 반 정도를 힘들게 이 악물고 일해왔고, 그토록 원했던 퇴사를 앞둔 지금 정작 이직을 어디로 해야 할지 아무런 생각이 나지 않는다고 했다. 막상 눈앞에 있는 중소기업 자리 있는 곳 어디든 들어가자니 너무 가기가 싫고, 그렇다고 이직을 바로 하지 않고 조금 쉬자니 스펙과 경력이 단절되는 것 같아서 너무 걱정된다며 힘들어했다.

"나는 시작한 일을 여러 번 실패하였고, 이제 내가 무엇을 원하는지, 어떤 일이 나에게 맞는지 모르겠어."

또 다른 내 친구는 미래에 유망한 직종이라고 생각하며 희망을 품고 시작했던 일이었지만 자신의 생각과 너무나 달랐던 현실에 일을 그만두게 되었고, 그 이후로 무엇을 해야 할지 방황하며 몇 달간 힘들어하며 나에게 고민을 털어놓았다.

나의 지인들 말고도 현재 많은 사람들이 몇 번의 실패로 나아가길 두려워하고, 무엇을 해야 하는지 몰라 방황하고 있다. 나 역시도 이런 고민을 했던 적이 있었다. 무엇을 해야 할지 몰랐었다. 다음번에 하는 일은 실패를 하면 안 된다는 생각에, 도전하는 것이 더욱 겁이 났다. 나중에는 허공에 붕 떠서 점점 현실도피를 했던 적도 있었다. 사실 나에게 그러한 시간이 오래 지속되진 않았다. 나는 일찍이 가정형편이 넉넉지 않았던 편이라 아르바이트를 이것저것 꽤 많이 해 보았다. 나에겐 멍하게 있는 시간이 많지 않았다. 덕분에 여러 아르바이트를 하면서 어떠한 직종이 나에게 맞는지 간접적으로 체험해 볼 수 있었고, 틈틈이 쉴 때는 책도 읽고, 배워보고 싶은 것들을 공부하니 내가 원하는 답이 점점 보였다.

살다 보면 누구나 흐릿한 미래로 방황하는 시기가 꼭 찾아온다. 이 시기가 굉장히 중요하다. 실패 후, 다른 일을 도전할 때 겪을 또 다른 실패를 두려워하며 현실도피를 하느냐, 아니면 도피할 시간에 자신이 하고 싶은 일을 도전하고, 실패를 경험하고, 또다시 딛고 일어나는 것을 반복하다가 결국 원하는 목표에 도달하느냐는 오직 당신에게 달려있다.

만약 당신이 하고 싶은 일이 있지만 잘할 수 있을지 확신이 없다면, 그것을 고민할 시간에 실패를 두려워 말고 나에게 맞는 일인지, 아닌지 일단 실행해 봤으면 좋겠다. 직접 해 봐야 알지 않겠는가. 아무리 생각해도 경험하지 않으면 모른다. 자신이 너무나 해 보고 싶었던 일이어도 관련된 일을 해 보니 생각보다 본인에게 맞지 않는 일일 수도 있고, 또 그 과정에서 새로운 것을 발견할 수도 있다. 만약 실행해 보았는데 실패했다고 하더라도 인생 전체를 봤을 때, 그건 결코 쓸데없는 경험이 아닐 것이다. 하지만 당신이 원하는 일이 무엇인지 모르겠다면 조급해하지 말고, 현재 상황에서 한걸음 뒤로 물러서서 천천히 생각해 보자.

돈을 벌어야 한다면 당분간 아르바이트라도 하면서 자신이 진정으로 원하는 것이 무엇인지, 어떤 것들을 해 보고 싶은지 리스트를 만들어 실행해 보자. 진정 내 가슴이 시키는 일이 무엇인지 찾아서 목표를 만들고, 목표 달성을 위해 망설이지 말고 끊임없이 시도하고 노력해 보자. 방황하는 동안은 심리적으로 참 고통스러울 것이다. 하지만 무엇을 원하는지 적극적으로 찾을수록 방황하는 시간은 확실히 짧아진다. 꼭 기억하길 바란다. 고통스러울수록, 그 시간을 견디며 이겨낼수록 당신은 더욱더 단단해지고, 성숙해지며, 어느덧 성장해 있을 것이다.

유명한 강연가인 김수영 작가는 자신의 유튜브 채널《김수영 TV》에서 이런 이야기를 했다. 그녀는 전 세계 80개국을 돌면서 72개의 꿈을 이루었지만, 자신이 가만히 있는데 알아서 꿈이 이루어진 적은 한 번도 없었다고 한다. 그녀는 언제나 먼저 가서 부딪치고, 시도하고, 실패하며 이런 과정을 거쳐서 꿈들을 하나하나 이루게 되었다. 그녀는 이런 힘들었던 시간들이 결코 나쁘지 않았다고 말했다.

만약에 자신이 정말 작은 그릇을 가진 사람이었다고 하면, 실패를 통한 고통들이 자신을 더욱 담금질해서 자신의 그릇이 점점 커졌다고 한다. 그릇이 큰 사람이 되니 이제는 인생에 담을 수 있는 것이 너무나 많아졌다고 했다. 정말 큰 장벽에 부딪혔을 때, 어떻게 하면 내가 할 수 있을까? 연구하다 보니 정말 방법을 찾게 되었고, 그래서 원하는 길을 가게 되었으며 고통과 직면하고 나니 어느새 자신은 그 고통보다 더 큰 사람이 될 수 있었다고 한다. 모두 지나고 나니 그러한 고통은 자신에게 축복이었다고 말할 수 있게 되었다고 했다.

'고통은 나에게 축복이었다.' 이 말에 나도 참 공감했다. 어머니와 내가 평생을 믿어왔던 아버지가 우리에게 책임회피를 했을 때, 이미 가족과 나에겐 감당하기 힘든 큰 빚들이 있었다. 나도 모르게 너무나 많은 일이 일어나 있었고, 해결하려고 하면 할수록 또 다른 최악의 상황들이 나에게 찾아왔다.

20대 때의 나는 언제나 초조했다. 채권자에게서 언제 연락 올지 모르는 불안감에 자신을 숨겨가며 일을 해야 했고, 가정에 대한 아버지의 배신과 나도 모르게 이런 상황까지 끌고 온 어머니가 한없이 원망스러웠다. 하지만 그때 내가 부모님을 한없이 원망만 하고 울고만 있었다면 지금의 나는 없었을 것이다.

'고통스럽다고 죽을 수는 없지 않은가? 이대로 포기하기엔 인생이 너무 아깝지 않은가?' 라는 생각이 들었다. 그래서 고통을 안고 꾸역꾸역 일했다. 일하면서 포기하지 않고 적극적으로 풀어야 할 문제들의 해결책을 끊임없이 찾았다. 그랬더니 기적적으로 해결할 수 있는 지혜로운 방법들이 보이기 시작했다. 지금은 내가 그 어떤 실패를 하더라도 좌절보다는 해결할 방법을 차근차근 찾게 되었다. 고통을 겪으며 굉장한 마음을 알게 되었다. 나에게 있음이 너무나 당연하다고 생각했던 것들에 대해 감사한 마음을 갖게 된 것이다. 그리고 그 감사한 마음은 내가 얼마나 행복한 사람인지 늘 일깨워 주었다.

엄마와 나의 곁에서 함께 지켜주었던 가족, 친구가 있음에 감사하고, 지낼 수 있는 집이 있음에 감사하며, 맛있는 음식을 먹을 수 있기에 감사하다. 눈을 뜨면 내가 살아있음에 하늘에 감사하다. 나에게 이런 고통이 있었기에 더욱더 단단해진 지금의 내가 있고, 내가 있는 것들에 대한 소중함과 감사함을 느낄 수 있음에, 지금 나는 정말 행복하다. 나에게 주어진 것들은 너무나 당연하고 사소한 것들일 수 있지만, 참 소중하고 필요한 요소들이다. 고통을 통해 이러한 것들에 감사한 마음을 가질 때, 나는 인생에서 훨씬 더 좋은 방향으로 나아갈 수 있었다. 그래서 현재 나는 자신 있게 말할 수 있다. 고통은 나에게 큰 축복이었다고.

흔들리지 않으며 피는 꽃은 없다. 고통을 안고 흔들리며 피었기에 모든 꽃은 아름답다. 자신에게 주어진 시간이 힘들고 고통스러울수록, 이 고통이 나중에 아름다운 꽃을 피우기 위한 과정이라 생각하고 견뎌내길 바란다. 힘든 시간을 보내는 만큼 당신의 봄날은 반드시 올 것이다. 실패를 두려워 말고 마음껏 흔들리며 도전하길 바란다. 당신의 꿈이 아름답게 피어나길 늘 응원한다.

실패는 있어도 좌절은 없다

천재는 10분의 1의 영감과 10분의 9의 노력으로 만들어진다.

-토머스 에디슨(Thomas Alva Edison)

실패, 실망, 좌절을 경험한다면 여러분은 스포트라이트 아래에서 인간인지, 쥐인지 확인하는 시험을 거치고 있다는 뜻입니다. 모든 사람이 시험을 받습니다. 실패와 좌절이라는 시험의 압박을 견디고 일어나지 못했더라면, 저는 현재 수백만 명에게 도움을 주고 있는 수많은 성공원칙을 결코 책으로 엮어 세상에 내놓지 못했을 겁니다.

제 인생 최고의 경험은 성공이 아닌 실패에서 나왔습니다. 실패를 딛고 일어난 덕분이었습니다. 저는 실패가 더 열심히 노력해야 한다는 숙제일 뿐이라고 굳게 믿었습니다. 저는 제가 큰 실패를 여러 번 겪었다는 사실을 알고 매우 다행이라고 생각했습니다. 평범한 사람은 한두 번의 실패를 못 견디고 무너진다는 사실을 발견했기 때문입니다. 저를 쓰러뜨려 다시 일어나지 못하게 막는 힘은 이 세상에 존재하지 않습니다.

많은 사람이 무언가를 시작도 하기 전에 포기합니다. 왜냐하면, 실패할 게 뻔하다고 예상해 아예 시작을 안 하기 때문입니다. 대다수 사람이 가진 실행하는 믿음은 그 정도 수준입니다. 시작이 힘들다고 느끼기도 전에 미리 포기하게 됩니다.

자연은 고유한 방식으로 실패와 좌절에 보답합니다. 설령 오늘은 실패하더라도 내일은 실패하지 않을 도구를 얻게 된다는 말입니다. 사람에게서 무엇을 빼앗아 갈 때는 가치가 동등하거나 더 큰 보상을 내려주는 것이 자연의 방식입니다.

-나폴레온 힐(Napoleon Hill)의 《여덟 가지 삶의 태도》 중에서

무엇을 하든 인생에서 실패는 꼭 있어야 한다. 실패가 있어야만 딛고 성장할 수 있는 계기가 되기 때문이다. 실패가 없으면 성장할 수 없다. 성공한 사람들 중에 실패가 없었던 사람들을 찾아보라고 하면 손에 꼽을 만큼 적을 것이다. 수 없이 실패했던 이력이 있는 사람들이 더욱 성장한다. 그리고 그러한 사람들은 자아가 단단하다. 성공한 사람들의 공통점이 몇 가지 있다. 실패를 무서워하지 않았고, 사람들이 미쳤다고 할 만큼 자신이 정한 목표를 향해서 전진하는 것을 멈추지 않았다. 그들에게는 몇 번에서, 많으면 수백 번의 실패 이력은 필수로

있었다. 하지만 결코 좌절하지 않았다. 꼭 성공 때문이 아닌 원하는 것을 이루기 위해서도 마찬가지다.

나는 조금은 단순한 편이다. 그게 나의 장점이자 단점이라고 할 수 있겠다. 그래서 의도하지는 않았지만 나는 스스로 목표를 정하면 실행할 때 포기했던 적이 거의 없었다. 오히려 나의 확고한 신념을 심어줄 수 있는 목표를 정하기가 더 어려웠던 것 같다. 또한, 목표를 정하고 도전하면서 한 번에 이루긴 쉽지 않았다. 하지만 실패의 경험을 바탕으로 더욱 간절하게 도전했고, 결국은 내가 정한 목표를 이뤘다. 보통 목표를 단 한 번에 이루기는 힘들다.

예를 들어 '매일 스쿼트 100개 하기.'라는 목표를 세웠다고 치자. 스쿼트를 아예 해 보지 않았던 사람이라면 처음에 완벽한 자세로 100번을 하는 것은 거의 불가능하다. 100번 하는 것은 힘들어도 50번까지는 이 악물고 하면 어느 정도 가능하다. 정확한 자세로 스쿼트를 100번 할 수 있을 때까지는 몇백 번의 시도와 실패가 필요하다. 하지만 실패해도 계속 시도를 하면 근육이 다져진다. 결국은 완벽한 자세로 100번의 스쿼트를 할 수 있게 된다. 이렇게 단단한 근육이 다져지기까지는 엄청 힘들다. 하지만 끊임없는 시도와 실패가 없었다면 근육이 단단해지는 일도 없었을 것이고 정한 목표를 이루지도 못할 것이다.

이렇게 사소한 것들을 포함해서 그 어떤 것도 내가 목표를 정하고 도전하면서 실패가 없을 수가 없다. 우주가 그렇게 정해놓았다. 그렇게 생각하는 것이 더 편할 것이다. 성공하기 위해서는 실패는 패키지라고 할 수 있겠다. 하지만 실패했을 때 드는 좌절감을 어떻게 대처하느냐가 중요하다. 좌절을 무시하지 않고 계속 붙잡고 있다면, 성공은 저 멀리 안드로메다로 갈 것이다. 왜냐하면, 좌절은 긍정적인 생각들을 갉아먹고 불신만을 키우기 때문이다.

좌절은 실패에 대한 숙제를 해결해 주는 게 아닌, 회피할 수 있도록 자기 합리화시켜준다. 좌절은 인간에게 암적인 존재라고 할 수 있겠다. 좌절이 한번 생기면 암처럼 여기저기 퍼져서 확고히 정했다고 생각했던 목표와 신념들을 갉아먹기 때문이다. 물론 실패로 인해 의도하지 않은 좌절감이 들 수 있다. 인간인지라 저절로 드는 좌절감은 어쩔 수 없다. 하지만 이때 드는 불편한 기분은 좌절이 아니다. 아주 잠시 슬펐을 뿐이라고 생각하는 것이 도움이 될 것이다.

천재 발명가 에디슨(Thomas Alva Edison)은 백열전구를 발명할 때, 백열전구에 대한 비밀을 발견할 때까지 몇 년 사이에 만 번은 넘게 실패를 경험했다. 그는 원하는 것이 있다면 자신이 목적을 이룰 때까지 실패를 두려워하지 않고 도전했다. 지금은 에디슨이 천재인 것을 전 세계가 인정하고 있다. 하지만 그의 만 번의 실험 실패가 없었더라면 천재라고 불리는 발명가 에디슨도 없었을 것이다. 그에게 실패는 차고 넘칠 정도로 많았지만, 결코 좌절이란 없었다.

중국 최대의 기업 중 하나인 알리바바를 설립한 마윈(Ma Yun) 또한 수없이 실패하였다. 그는 초등학교 시험에서 2번이나 낙방, 중학교는 3번 낙방, 대학교를 졸업 후 취업 준비를 하며 3년 동안 30번 넘게 떨어졌다. 중국에서 KFC 치킨집에 24명이 지원했지만 23명이 합격하고 마윈만 합격하지 못했다. 경찰을 지원했을 때는 5명이 지원했는데 4명이 붙고 마윈만 탈락했다. 하버드에서는 10번 지원해서 10번 거절당했다. 사업에 투자금을 받을 때도 수없이 거절당했다. 하지만 그는 꿈을 이룰 때까지 결코 포기하지 않았다. 그는 이렇게 말했다.

"나는 성공의 정의가 무엇인지는 모르나 무엇이 실패인지는 정확히 알고 있습니다. 그것은 바로 포기입니다."

나는 '실패 없이도 충분히 성공할 수 있다!'라는 신선한 메시지를 알려주며 당신에게 무조건적인 희망을 주고 싶지만 안타깝게도 그럴 수 없다. 인생에 모든 좋은 결과, 목표 달성, 성공에는 대가가 따른다. 힘들다고 포기하지 않고, 사람들이 뭐라고 하던 자신을 믿고 실패에 대한 좌절을 이겨낸다면 당신이 원하는 것 이상을 얻을 수 있을 것이다.

실패는 나에게도 참 떼어놓을 수 없는 단어였다. 구직활동을 할 때도 수없이 실패해봤고, 관광 통역 안내사 자격증 불합격, 수능 실패,

중고등학교 시절 시험 실패까지, 사실 나는 무엇을 한 번에 성공한 적이 거의 없었다. 꼭 한 번 이상 실패를 하고 '이번엔 죽어도 실패 없이 성공해야 한다.'라는 생각으로 피 말리게, 간절하게 노력해야 모든 것을 이룰 수 있었다. 무언가를 제대로 이루고자 할 때는 무엇보다 간절해야 하는데 사람은 실패 없이는 피 말리는 간절함이 나올 수가 없다. '이게 아니면 안 된다.'라고 생각하고 실패하더라도 다시 일어나 도전해야 결과가 나온다.

실패를 경험하는 것은 참 고통스러운 일이다. 하지만 정확한 목표와 꿈을 가지고 도전하는 것에 대한 모든 실패는 분명 인생에서 성공의 소중한 밑거름이 된다. 실패하는 모든 시간은 결코 무의미한 시간이 아닐 것이니 실패를 하더라도 좌절하지 말고 계속 전진하길 바란다.

도전하라, 한 번도 실패하지 않은 것처럼

세상은 아직 발견하지 못한 멋진 것들로 가득하다.
절대 그것을 볼 때까지 포기하지 마라.

-조앤 K. 롤링(Joan K. Rowling)

《해리포터》의 저자 조앤 K. 롤링(Joan K. Rowling)은 실패를 여러 번 경험했다. 짧은 결혼생활로 직업 또한 없었고 딸아이를 혼자 키워야 하는 상황이었다. 그녀는 주당 지급되는 10만 원의 보조금으로 살아가는 영국에서는 가장 빈곤한 층에 속했다. 그녀는 어릴 적부터 글쓰기를 좋아했기에 늘 작가를 꿈꿔왔었다. 그래서 힘든 상황 속에서도 집필을 했다. 그녀가 굶는 날은 허다했으며 딸아이를 먹일 분유조차 부족하여 물을 겨우 타 먹였지만 이러한 어려운 상황 속에서도 굴하지 않고 글을 썼다.

산책할 때면 아이가 잠이든 시간을 틈타서 글을 썼고, 밤에는 아이가 잠든 후부터 늦은 새벽까지 끊임없이 글을 썼다. 이렇게 우여곡절 끝에 완성된 한 남자아이 마법사 이야기의 책을 완성하여 출판사를 알아보았지만 12곳에서 거절을 당했었고, 마지막 어느 소규모 출판사에서 겨우 출판을 하게 되었다. 이 책은 출간 이후 10만 부를 돌파하였고 이후로 50만 부, 천만 부, 4억 5천만 부를 돌파하며 세상에서 가장 많이 팔린 판타지 소설이 되었다. 이 책이 모두가 알고 있는 해리포터이다. 그녀는 말했다. "실패하지 않고 살아가는 것이란 불가능하다. 실패를 통해 얻은 지식은 진정한 선물이며 어떠한 자격보다 더욱 가치 있는 것이다."

나는 유망 있는 분야라고 생각하였던 과로 대학원을 입학하게 되었지만, 생각보다 열악하고 미래가 보이지 않았던 생활에 자퇴를 선택하게 되었다. 사실 절망적이었다. 그것도 하나의 좋은 스펙이 되지 않을까 싶어 어렵게 빚을 지고 입학했던 대학원이었다. 그렇지만 내가 생각해왔던 미래와는 확연히 달랐고 계속 버티기에는 앞으로가 너무 불투명한 상태였다. 대학원 실패 후 '정말 내가 하고 싶은 일이 뭐지, 내가 열정적으로 하고 싶은 것이 무엇이 있을까?'라고 생각해보니 내 머릿속에 답은 하나였다.

중학교 시절 우연히 TV에서 상영하는 중국 드라마를 보고 '나는 언젠가 중국인과 중국어로 자유롭게 대화할 거야.'라는 목표를 언제나 품고 살았다. 그 이후로 음악 대신 중국 영화, 드라마 음원을 추출해서 듣는 것을 즐기게 되었다. 그 후 영화 음원을 듣는 것이 습관이 되었고, 중국어를 잘하고 싶은 마음이 언제나 마음속 깊이 있긴 했었지만, 적극적으로 공부하진 않았었다. 그래서 도전하게 되었다.

'중국어 관광 통역 안내사 자격증을 취득해서 중국어를 사용하는 곳으로 취직하자. 중국으로 유학 갈 형편은 되지 않으니, 중국어 자격증 취득을 목표로 어떻게든 중국어를 익히자.'라는 생각이었다. 자격증 공부를 시작하고 보니 역시 만만치 않았다. 관광 통역 안내사 자격증을 준비하는 중국인들이 너무 많았던 것이다. 10명 중 8명이 중국인 아니면 중국에서 오랫동안 생활을 하고 왔거나, 중국어를 전공한 학생이었다.

나는 중국인과 경쟁하며 자격증을 준비해야 하는 상황이었다. 중국어를 전공하지도 않았고 중국이라는 나라를 여행으로 나흘 정도 다녀온 것이 전부였던 나에게는 참 무모한 도전이었다. 면접을 준비하면서 직접 몸으로 느끼는 절망감과 중압감이 찾아왔다. 나의 중국어 발음이 중국인과 비교도 안 되게 차이가 났으며, 생각했던 것보다 실제로 중국인들이 말하는 중국어는 엄청나게 빨랐고 발음도 제각각이라 하나도 못 알아들었다.

"이렇게 기본적인 중국어도 못 알아듣는데, 어떻게 중국인을 상대로 우리나라를 소개할 생각을 했어?"

"그래, 열정은 좋아, 열심히 하는 건 아는데 그냥 포기해. 힘들어. 아니 말을 알아듣기는커녕 할 줄도 모르잖아? 외운다고 되는 게 아니야~ 정신 차려!"

수업 때마다 면접 선생님이 모든 수강생 앞에서 대놓고 나에게 창피를 주었다. 어느새 나는 우리 반 대표 구박덩어리가 되어있었다. 이런 모욕을 수시로 겪으니 중국인들 앞에서 발표하는 것도 무서웠고, 자존감도 바닥을 쳤다. 하지만 그렇다고 이대로 내가 포기할 소냐. 절대 아니지.

면접 강의가 있는 날 아침에 눈을 뜨면 나 자신에게 말했다.

'너는 할 수 있어, 너는 중국어를 잘해, 많이 늘었고 앞으로도 잘할 거야.'

이렇게 용기를 내어 수업을 들으러 가면 언제나 선생님이 창피를 주며 너는 안 된다고 했다. 심지어 면접시험을 보기 전날까지 말이다. 매일매일 창피를 당해도 밤낮으로 입에서 중국어를 말하고 또 말하고 미친 듯이 연습했지만 결국은 면접시험 때 말 한번 제대로 못 해보고 첫 번째 시험에서 불합격이라는 결과를 보게 되었다.

시험을 준비하면서 매 수업 시간마다 들었던 좌절감이었지만, 시험을 낙방한 후 아이러니하게도 생각보다 좌절감이나 절망감이 크게 들지 않았다. 오히려 오기가 생겼다. 그리고 내가 원하는 목표가 뚜렷했으니 다시 일어나 공부했다. 이번에는 두 번째 시험 전까지 매일매일 '난 할 수 있다, 무조건 한다.' 입이 닳도록 쉬지 않고 나에게 말하며 나와의 싸움을 버티며 연습했다.

그랬더니 나는 어느새 성장하고 있었다. 매 스터디 시간에 잘한다는 소리를 들었고, 나중에는 '중국서 살다 왔냐?'라는 소리까지 들었다. 함께 스터디를 하던 지인의 그 말이 얼마나 감사하고 선물 같았는지 모른다. 두 번째 시도 끝에 마침내 중국어 관광 통역 안내사 자격증을 취득하게 되었다. 나는 실패했었지만 '이거 아니면 안 된다.'라는 생각으로 나아갔고 포기하지 않았다. 중국어를 공부할 때, 좌절하는 순간은 있었지만 내가 하고 싶었고 꿈꿔왔던 일이었으며, 할 수 있다는 강한 신념이 있었기에 주변의 부정적인 시선에도 굴하지 않고 끝까지 목표를 이룰 수 있었다.

나에게 '실패'라는 단어는 어릴 적부터 친근한 단어였다. 남들보다 노력해서 열심히 공부하는 것에 비해 점수는 잘 나오지 않아 나머지 공부를 한 적이 태반이었고, 내가 열심히 일하는 것과는 상관없이 집안 형편은 점점 어려워져만 갔으며 내 생활을 조여 왔다. 내 의지와는 상관없이 때가 되면 실패는 찾아왔다. 신기한 건 실패는 내가 다시 나아가는 순간에는 이 악물고 다시 도전할 수 있는 더 강한 의지를 심어줬다. 그리고 내가 정한 목표를 끝까지 이룰 수 있었다.

우리에게 실패하는 순간은 꼭 찾아온다. 하지만 많은 사람은 실패하면 좌절감을 느끼고 포기해 버리며 또 다른 일을 찾고 준비한다. 실패의 순간을 딛고 일어나지 않은 채로 포기해 버리며 피하고 다른 일을 시작하는 일이 반복된다면, 이후 실패를 맛보는 순간, 포기하는 상황이 또다시 반복될 것이다.

만약 당신이 지금 하는 일이 꿈을 가지고 간절하게 시작한 일이라면 실패가 오는 순간 좌절하지 말고 누가 뭐라고 하던지 무조건 가던 길을 굴하지 않고 계속 갔으면 좋겠다. 인생에 실패라는 순간은 피할 수 없다. 오히려 실패하지 않았던 삶이 더 실패한 삶이다.

누구에게나 그러한 순간이 있다. 꿈을 향해 목표를 가지고 도전하지만 그 과정에서 사회에, 환경에, 주위 사람들에게 물어뜯기고, 자신과의 싸움에서 절망하며 차라리 내가 세상에서 없어져 버렸으면 하는 생각이 들 정도로 나를 절벽 끝까지 몰고 가는 느낌이 드는 순간. 이 순간엔 꿈꿔 온 목표 의식은 약해지고, 포기하고 다른 일을 시작하기 쉽다. 이런 순간이 찾아온다면 눈을 딱 감고 숨을 크게 세 번 들이마시고 끈기 있게 버티며 선택한 길을 계속 가길 바란다. 그러다 보면 어느새 더 강한 의지를 다지고 세상에 맞서는 자신을 발견할 수 있을 것이다. '난 이거밖에 없다, 이제는 뒤로 물러날 곳이 없다, 해내지 않는 나는 존재하지 않는다.'라는 생각으로 버티는 순간, 목표를 이뤄낸 자신을 발견하게 될 것이다.

당신의 인생은 잦은 실패로 평탄치 않을 것이다. 하지만 실패의 경험은 그 어떤 것보다 당신을 강하게 만들어줄 것이다. 실패를 받아들이고, 그 경험을 밟고 포기하지 않고 계속 도전한다면 당신에게도 성공할 날이 기필코 찾아올 것이다. 가슴이 시키는 일에 도전하라. 한 번도 실패하지 않은 것처럼.

실패는 기회와 함께 온다

"당신은 죽을지도 모릅니다."

26세에 대기업의 이사로 선임되어 이른 나이에 미국에서 가장 젊은 억만장자가 된, 성공한 한 남자가 있었다. 그는 2년 뒤, 심각한 건강 악화로 한순간에 모든 것을 잃고 최악의 실패를 경험한다. 하지만 그는 좌절하지 않고 20년간 100만 달러 이상을 투자하여 세계적인 의사, 영양사, 운동선수, 심리학자 등 100명 이상의 건강 전문가들을 찾아가 건강에 대한 조언을 구한다. 그는 자신이 수집한 조언을 분석하여 자가 실험을 했다. 마침내 자신을 업그레이드시키는 방법을 발견하여 건강도 되찾을 수 있었고 이러한 비법들을 정리하여 책으로 출간했다.

그리고 그 책은 베스트셀러에 오르며 방탄 커피를 유행시켰다. 그는 《최강의 식사》의 저자 데이브 아스프리(Dave Asprey)이다. 그가 자신이 쌓아온 모든 커리어를 잃고 주치의에게 건강을 회복하긴 힘들다는 얘기를 들으며 계속 좌절만 하고 있었다면 정말 그는 이 자리에 없었을지도 모른다. 하지만 그는 자신의 건강관리에 실패했어도 포기하지 않고 오히려 꼭 자신이 건강을 찾겠다는 목표 하나로 나아갔다. 실패했기에 동시에 기회가 찾아왔다.

전에 언급했다시피 난 실패와 꽤 친밀한 편이다. 내가 도전하면 한번에 무언가를 성공한 적이 거의 없었다. 매번 실패를 경험했던 순간에는 세상이 다 끝날 것만 같았고, '난 이제 어떻게 살아야 하지.'라는 생각이 들며 나 자신이 한없이 한심해 견딜 수 없이 힘들었다. 그때마다 내 인생의 멘토 이모와 엄마는 이렇게 말했다.

"괜찮아, 분명 다른 길이 있어, 해결책을 찾아보자 "

"열심히 최선을 다했잖아. 좋은 경험한 거야. 이 경험을 토대로 넌 다른 일을 더욱 잘 해낼 거야. 너를 위한 또 다른 기회가 반드시 올 거야."

실패에 대한 비난이 아닌 이러한 격려의 말들은 나를 다시 일어서게 했다. 그리고 정말 언제나 또 다른 기회는 반드시 찾아왔다. 더 열심히 해서 다음 시험에서는 반에서 10등 안에 들 수 있었고, 심각한 건강 위기로 중환자실까지 다녀와 몇 달을 제대로 걷지 못하였지만 다시 딛고 일어나 대학을 가서 대학원까지 입학할 수 있었고, 중국을 딱 한 번 사흘 정도 다녀온 내가 중국어 관광 통역 안내사 자격증을 취득할 수 있었으며, 취직도 몇 번의 실패가 있었지만 대한민국에서 가장 큰 성형병원에 취직할 수 있었고, 현재는 내가 꿈꿔왔던 책을 쓰는 작가가 되었다.

세상을 살아가면서 실패를 맞닥트리면 좌절은 반드시 찾아온다. 하지만 좌절을 하고 포기하느냐, 좌절감을 아주 잠시 동안만 느끼고 다시 일어나느냐에 따라 자신의 인생 방향이 달라진다. 나는 이 이외에도 내가 뜻하지 않았던 많은 실패와 좌절을 경험하면서 알게 된 것이 있다. 좌절을 오래 할수록 세상에 맞서 다시 일어나는 것을 회피하게 되고 도전을 할 수 있는 용기를 내기가 점점 어려워진다는 점이다. 목표를 뚜렷하게 정하고 도전하며 실패를 겪고, 좌절하지 않고 바로 일어나 다시 도전한다면 목표를 이룰 수 있는 기회는 나에게 더욱 빨리 찾아온다. 도전을 거듭할수록 기회는 배가 되어 찾아온다.

대부분 실패를 경험하면 또 다른 실패가 두려워 다음 단계를 나아갈 때 도전을 망설인다.

'내가 이번엔 잘할 수 있을까, 이번에 또 실패하면 안 되는데….', '근데 또 실패하면 어떻게 하지?'라는 실패에 대한 별의별 부정적인 생각들을 한다. 그런데 새로운 도전을 하기 전 망설이는 시간이 길어진다면 기회가 오는 시간도 늦어진다.

'실패하면 더 좋은 기회가 찾아온다던데 나는 왜 기다려도 아무런 소식이 없을까?'라고 생각을 한다면 확인해 보자. 자신이 좌절하며 현재 도전하며 해야 할 것들을 회피하고 있진 않은지, 목표를 뚜렷하게 정해놓고 최선을 다해 도전하고 실행하고 있는지 말이다. 열심히 자신의 목표를 향해 노력하고 있다면 조금만 더 기다려 보자. 기회는 반드시 온다.

> 모든 실패와 시련, 불운한 상황에는 그에 상응하는 이득이나 보상의 씨앗이 있다. 삶의 철학이 건강한 사람은 보상의 씨앗을 누구보다 빠르게 찾아 활용한다. 운 때문에 잠시 좌절하거나 실패하더라도 영원한 좌절이나 실패로 받아들이면 안 된다. 사람은 보상의 씨앗을 찾는 과정에서 실제로 실패를 영구적인 성공으로 바꿀 수 있다.
>
> -나폴레온 힐(Napoleon Hill) 《8가지 삶의 태도》 중에서

지금까지 가정환경의 어려움, 도전에 대한 실패, 피할 곳 없는 위기를 경험하면서 이런 생각이 들었다. '그래도 죽으란 법은 없구나.' 어렵고 힘든 상황에서 너무나 절망적일 때, 그 기간을 버티면서 하던 일을 계속 하면 늘 생각지도 못한 곳에서 위기를 벗어날 기회가 왔었다. 정말 생각지도 못한 곳에서 기회가 왔고, 해결방법이 생겨났다.

이런 기회를 얻기 위해서는 꼭 중요하게 실천해야 하는 마음가짐이 있다. 실패한다고 해도 마음속에 좌절과 부정적인 생각은 없어야

한다. 물론 실패 후 어떻게 나아갈 것인지가 두려울 수는 있다. 인간이기에 어쩔 수 없이 느끼는 두려움은 막을 수 없다. 하지만 그 두려움이 든다는 느낌을 받았을 때 생각을 '무엇이든 잘 해결될 것이다.' 라는 긍정적인 생각으로 마음을 열어두고 있어야 한다.

'아니, 내가 아무리 머리를 싸매고 생각해도 다시 문제를 해결할 방법이 없는데 어떻게 희망적이고 긍정적인 마음을 가질 수 있겠느냐.' 라고 생각하는 사람도 있을 것이다. 그렇게 생각하는 사람들이 꼭 알았으면 좋겠다. 세상은 당신 머릿속에 있는 생각만으로 이루어진 것이 아니다. 분명 당신이 모르는 일들은 무궁무진하게 존재한다. 실패라는 장애물에 굴하지 않고 열심히 가던 길을 계속 가다 보면 원하는 것을 이룰 수 있는 방법이 하늘에서 뚝 떨어지듯 예상치 못하게 당신에게 찾아올 것이다. 그러니 실패를 해도 좌절이나 절망따위로 흔들리지 않기를 바란다. 자신이 목표를 정해 두고 최선을 다해 노력했는데 실패를 했을 경우, 때로는 '꼭 잘된다.'라는 긍정적인 마음으로 하늘의 힘을 믿어보자. 당신의 실패는 반드시 더 좋은 기회로 찾아올 것이다.

내가 생각하는 최악은 최악이 아닐 수 있다

고통이나 어려움은 자기 마음속에 있는 것이지 현실에 있는 것이 아니다.

-정주영 회장

'현재 내 인생에 최악이다. 최악.'
'내 인생에 이토록 바닥을 치는 순간이 또 있을까?'

이런 생각이 드는 날이 없었으면 좋겠지만 인생에서 적어도 한 번 이상은 이런 생각이 저절로 나게 되는 순간이 있을 것이다. 나는 지금껏 살아오면서 이런 생각이 드는 순간이 몇 번 있었다. 곧 모든 일이 잘될 것이라는 희망만으로 20년 동안 굳게 믿고 기다려왔던 아버지가 빚만을 남기고 조금의 책임도 지지 않으려는 사람이라는 사실과 직면해야 했을 때, 스무 살이 넘은 지 얼마 되지 않아 순식간에 빚더미에 앉게 되었을 때, 그래서 내가 원하는 일은커녕 일용직만을 찾아다니면서 어떻게든 꾸역꾸역 돈을 벌어야 했을 때, 매일 돈을 벌어도 해결은 커녕, 눈곱만큼의 희망도 보이지 않았을 때, '여기서 더 내려갈 바닥이 있을까?' 싶을 정도로 내 인생의 최악의 시간이었다.

"내가 왜 한 푼 만져보지도 못한 빚을 갚아야 하지? 무슨 잘못이 있어서 나는 이런 일을 겪어야 하는 거지? 난 왜 죄인처럼 나를 숨기고 살아야 하는 거지?"라는 생각들로 반복된 하루를 보내곤 했다. 내가 저지른 것이 아닌 일들과 환경에 왜 이렇게까지 피해를 입어야 하는지, 이 책임을 왜 내가 다 떠안아야 하는지 도저히 이해가 가지 않았다. 문득 너무 억울해서 이불을 물어뜯으며 소리 내어 울부짖었던 날들이 많았다.

그런데 이 고통을 겪으며 깨달았다. 그러나 아무리 억울하고 분하다고 허공에 외치며 발버둥 치고 울어도 해결되는 것은 아무것도 없고, 더 우울하기만 했다. 내가 세상에 억울하다고 소리치며 울고불고 한다고 해서 내가 처한 상황은 단 1도 변하지 않았다. 나에게 주어진 이 엿 같은 현실은 내가 아무리 부정하고 회피해도 직접 해결하지 않으면 고통에서 결코 벗어날 수 없었다. 내가 선택하진 않았지만, 어쨌든 결론은 내 인생이고 내 인생에서 일어난 나의 일이기 때문에 내가 책임지고 해결을 해야만 했다. 나의 불행과 고통을 해결해야겠다고 마음먹고 모든 것들을 마음속에서 내려놓으니 신기하게도 조금씩 해결방법들이 보이기 시작했다.

최악의 불행을 겪으면서 고통스러운 날들의 연속이었지만 이런 고비들을 넘기고 난 후 확실해진 것이 있다. 내가 겪은 최악의 불행은 내 인생을 살면서 가장 큰 교훈이 되었고 내가 가장 많이 성장할 수 있는 계기가 되었다는 것이다. 나에게 더 큰 불행이 온다고 하더라도 그 불행을 안고 받아들이며 해결책을 찾을 수 있는 마음의 큰 그릇이 생겼고, 최악의 불행이 있었기에 내 주위에 있는 소중히 해야 하는 것들과 감사해야 하는 것들이 명확해졌다. 내 인생 최악의 불행은 내가 살아있음에, 존재하고 있는 것만으로 세상에 감사함을 느낄 수 있는 깨달음을 주었다. 내가 생각했던 최악이 나를 더 강하게 만드는 보약 같은 역할을 해서 지금의 내가 있다는 것을 알게 되었다.

《신경끄기의 기술》의 저자 마크 멘슨(Mark Manson)은 이러한 최악의 경험을 통해 인생을 깨닫고 재설정하는 과정을 '똥 폭풍 헤쳐나가기'라고 부른다. 그는 말했다. 사람은 보통 최악의 순간을 경험한 뒤에야 인생을 보는 관점이 확 바뀐다. 일단 극심한 고통을 겪어봐야 우리는 기존의 가치를 돌아보게 되며 왜 그것이 도움이 안 되는지 따져본다. 우리에겐 일종의 실존적 위기가 필요하다. 그래야 객관적인 눈으로 내가 지금껏 인생의 의미를 어디에서 찾았는지 되돌아보고 인생의 방향을 재설정하게 된다. 이 과정을 그는 '똥 폭풍 헤쳐나가기' 라고 부른다. 고통을 내가 해내는 과정의 일부라고 생각하는 것이 중요하다. 육체적 고통을 겪어야 뼈와 근육이 강해지는 것처럼, 정신적 고통을 겪어야 정신력, 자존감, 공감 능력이 강해져서 더 행복함을 누릴 수 있다고 했다.

대부분 사람들은 자신이 고통을 겪는 것을 부정적으로 생각한다. 단순히 생각하면, 그 순간만큼은 아프고 고통스러우니 부정적으로 생각할 수밖에 없다. 하지만 고통은 결코 부정적이고 안 좋은 것만은 아니다. 고통 없는 성장은 없다. 청소년들이 크게 자라기 전 엄청난 성장통을 겪듯이, 튼튼하고 건강한 근육이 생성되기 위해서 끊임없는 노력과 근육통이 필요하듯이 정신적인 성장 또한 정신 통이 필요하다. 그러니 현재 자신에게 놓인 상황이 혼란스럽고 자신이 생각지 못했던 일들이 벌어진 상황이라면, 그래서 인생이 막막하고 고통스럽다면 '아, 내 인생에 피할 수 없는 똥 폭풍이 드디어 왔구나. 내가 성장하기 위해 필요한 절차이니 잘 버텨보자꾸나.'라는 마음으로 받아들이고 그 자리에서 자신이 해야 할 것들을 찾아서 해 보자.

안다. 당신이 정말 최악의 상황에 처해있다면 나의 글이 당신을 더욱 짜증나게 할 수 있다. 나도 화내고 좌절하며 문제가 해결된다면 얼씨구나 하고 하라고 추천하겠다. 그러나 당신이 이 불편한 상황을 부정하고 저항할수록 외부적으로든 내부적으로든 상황은 더욱 악화될 것이다. 이럴 땐 욕 한번 시원하게 외치고 지금을 버티며 해결의 실마리를 찾아보자. 빠른시일 내에 냉정하게 문제를 받아들이고 조금씩 나아가며 상황을 극복해 내는 것이 자신을 위한 가장 현명한 방법이다. 그렇게 한고비 두고비씩 넘기다 보면 당신은 긍정적인 방향으로 더욱 성숙해지며 인생 또한 점점 밝아질 것이다.

명심하자. 인생에서 앞으로 나에게 절대 일어날 수 없는 일은 없다. 예상치 못한 일들은 언제든지 불시에 찾아온다. 망치로 머리를 쾅하고 맞은 듯한, 눈앞이 캄캄해져 어떻게 해야 할지 모르는 가슴 철렁하는 순간들 말이다. 하늘은 언제나 당신에게 숙제를 줄 것이다. 그 숙제를 어렵다고 힘들다고 불평만 하며 회피하고 있다면 당신은 언제나 인생에 제자리걸음만 할 뿐이다. 피할 수 없다면 빨리 아프고 겪는 것이 당신에게 가장 이로운 방법이다.

내가 최악의 시간을 보내고 있다고 생각하며 살 때, 힘든 마음을 혼자서 주체하기란 참 힘들었다. 매일 아침 눈을 뜨면 앞이 캄캄한 현실이 생각이 났고, 한없이 초조했으며, 불안하고 무서웠다. 내가 처한 상황은 인간관계, 사랑 등에 관한 고민처럼 누군가에게 쉽게 털어놓을 수 있는 일들이 아니었다. 그래서 내 마음을 스스로 컨트롤해야 했다. 내가 나를 위로해야 하고 가다듬어야 했다. 그럴 때 책을 읽었다.

책에는 참 많은 사람의 인생이 있다. 그 사람들 또한 각자의 고통의 시간이 있었다. 어렸을 적부터 성적 학대를 받으며 홀로 아픔을 이겨내야 했던 오프라 윈프리(Oprah Winfrey), 어렸을 적부터 너무 가난해서 야간 고등학교에 다니고, 공장에서 일하며 생계를 꾸려야 했던 현재 5천억 자산가 켈리 최(Kelly Choi) 회장 등 내 잘못이 아닌 저절로 주어진 환경들로 찢어지게 가난했지만 홀로 이겨내야 했던 사람들이 정말 많았다. 가난뿐만 아니라 성적 학대, 가정 학대 등으로 고통스러운 시간을 보내야 했던 사람들, 빚이 몇억이 있었지만, 주위에 아무도 없이 홀로 이겨내야 했던 사람을 포함해 정말 나보다 더 최악의 시간을 겪었던 사람들이 너무도 많았다.

고통은 비교할 수 있는 것이 아니지만 내가 처해 있는 상황은 내 마음속에서만 최악이었지 실제로는 충분히 이겨내고 버텨낼 수 있는 상황이었다. 적어도 나는 돈이 없어서 며칠 동안 뱃속을 물로만 채워야 하는 상황은 아니었고, 무엇보다 혼자가 아니었다. 내가 사랑하는 사람들, 그리고 나를 사랑해주며 버팀목이 되어 주는 내 사람들이 있었고, 이 정도면 팔다리 멀쩡하니 건강했다. 책을 읽으며 더 넓은 세상에서 많은 사람의 인생 스토리를 알게 되면서 위안을 받을 수 있었다. 그리고 불만이 아닌 '감사'라는 마음을 가지게 되었다.

이제는 나에게 주어진 모든 것이 감사하다. 내가 정말 최악이라고 생각했었던 모든 경험은 나에게 최악이 아니었다. 나에게 최악의 상황이 주어지지 않았었다면 나는 모든 것을 당연하다는 듯이, 나의 부족한 부분들만을 생각하고 불평하며, 소중함을 모르고 살았을 것이다. 최악은 나에게 주어진 모든 것들에 소중함을 일깨워 주는 감사한 시간이었다.

당신이 생각했을 때, 지금 최악의 시간을 겪고 있다면 지금은 고통스럽고 힘들겠지만 분명 그 어디서도 겪지 못할 크게 성장할 수 있는 소중한 경험일 것이다. 그러니 어떻게든 잘 견뎌냈으면 좋겠다. 힘든 시간을 견뎌내는 당신에게 생각지 못한 더 큰 선물이 찾아올 것이다.

버텨라, 하늘은 결코 당신을 버리지 않는다

"하느님. 정말 저 버리셨어요? 도대체 저에게 왜 이러시는 거예요? 대체 제가 뭘 잘못했어요? 저 어떻게 살라고 이렇게 벼랑 끝까지 떠미시나요? 저에게 더는 희망이 보이지 않아요."라고 하늘에게 원망하듯 많이 물었었다.

나는 학창 시절 불량 청소년도 아니었고, 도박에 빠진 것도 아니었다. 그런데 어쩌다가 나는 이런 처지에 놓였던 걸까? 어린시절 '아버지'란 단어에 선명하게 기억나는 한 장면이 있다. 내가 한창 사춘기일 때였다. 어머니는 밖에서 종일 일를 하셨기에, 나는 학교를 다녀온 후 대부분 시간을 혼자 집에서 보냈다. 어느 날 조금 늦은 저녁, 그 날따라 지쳐 보였던 어머니께서 밖에서 간단히 저녁을 때우자고 했다. 함께 집 앞 분식집에서 밥을 먹고 있는데 어머니의 핸드폰이 몇 분 동안 미친 듯이 울린다. 아버지다. 그 때 나는 어렸지만, 직감적으로 알았다. '아. 또 돈이 필요해서 저러는구나.' 돈이 필요할 때만 열심히 연락하는 아버지. 그때부터 시작이었던 것 같다. 아니 내가 더 어릴 적부터였을 지도 모르겠다. 정신을 차리고 보니 나는 이미 빚더미에 앉아 있었다.

참 어이없는 상황이었다. 처음에는 '금방 해결할 수 있겠지.'라는 그냥 계획 없는 위로의 마음으로 지냈다. 하지만 최악은 나에게 순식간에 찾아왔다. 일하며 모아두는 생활비 통장이 갑자기 압류되어 버린 것이다. 그뿐만 아니라 내 명의로 되어 있는 은행 계좌 모두가 압류되어 하루아침에 10원 한 장 쓸 수 없는 신세가 되었다.

갑자기 내 인생에 쓰나미가 덮쳤다. 피하고 싶은데 피할 수가 없었다. 도망가고 싶은데 그럴 수가 없었다. 절망적이었다. 아버지는 사업이 어려워 나의 문제를 해결할 생각도, 우리를 도울 수 있는 상황도 아니었기에 내가 처해 있는 문제를 해결해 줄 가능성이 전무했다. 어머니 또한 나와 비슷한 입장이었기 때문에 총체적 난국, 희망이 보이질 않았다. 채권자는 내가 일을 할 수 없게끔 상황을 만들었다. 그렇다고 집에 있을 수만은 없는 노릇이었다. 어쩌다 집에 있는 날은 아침부터 문을 두들기며 "계십니까!!"하며 소리를 지르는데 나중엔 문까지 따고 들어왔다. 그때의 그 공포는 잊을 수가 없다. 꼭 나 혼자 있을 때만 이런 일이 벌어져 모든 것이 얼마나 원망스럽고 야속했는지 모른다. 결국은 일용직 아르바이트를 하며 하루하루를 버텼다. 어느 날은 일를 가야 하는데 차비가 없어 집에 있던 백 원짜리, 하다못해 십 원짜리까지 긁어모아 다녔다.

매일 눈을 뜨는 것이 너무 두려웠다. 가루가 되어 사라져 버리고 싶었다. 모든 것들을 다 내려놓고 싶었다. 어느 날 TV에서 유명인이 커튼에 목을 매고 생을 마감했다는 이야기를 듣고 내 방에 있는 커튼을 볼 때마다 나도 모르게 한참 동안 나쁜 생각을 하곤 했다. 하지만 나에게는 어떻게든 나를 구제해 주려고 누구보다 애쓰고 있는 엄마, 이모 등 내 가족이 있었기에 세상에서 도망칠 수 없었다. 그래서 나는 꿋꿋하게 일을 하며 버텼다.

"하느님. 제발, 제발 도와주세요." 하늘을 원망하다가도 간절하게 일이 잘 해결되기를 기도했다. 나는 간절할 때만 찾는 하느님께 죄송한 마음이긴 했지만, 너무나 막막한 상황이었기에 잘 풀리기를 기도하며 가족들과 차근차근 해결책을 찾아 나갔다. 내가 간절하게 생각할수록, 원하는 상황에 더욱 가까워지는 환경이 만들어졌다.

인생이란 참 신기하다. 모든 것을 한없이 원망하고 탓할 때는 눈앞이 캄캄하고 좌절밖에 할 수 없었다. 그런데 어차피 벌어져 피할 수도 없는 내 인생의 문제를 받아들이고 책임져야겠다고 마음먹으니 모든

HOPE

상황은 희망이 보이고 긍정적으로 흘러갔다. 힘든 시간을 버티는 과정에서 느꼈던 감정과 그에 따른 결과는 내 인생에 너무나 큰 깨달음을 주었다. 내가 진정한 자유를 꿈꿀 수 있도록 용기를 주었고, 어떤 어려움이 닥쳐도 의지만 있다면 반드시 해결할 수 있다는 교훈을 얻게 해 주었다. 넘어지면 끝이 아니라 툭툭 털고 다시 일어나면 된다는 것을 알게 해 주었다.

어느 책이었는지는 기억이 잘 나지 않지만 이런 내용을 본 기억이 있다. '자연은 인간이 고난을 겪으면 더 강해지도록 설계했다.'라고. 내가 힘든 시간을 겪고 있었을 때는 이 문장이 그다지 와 닿지 않았었다. 나 살기도 힘든데 그런 말이 오히려 염장을 지르는 기분도 들었었다. 그런데 고비를 겪고 나니 알 수 있었다. 이 의견에 동의한다. 나에게 주어진 어려움과 고통스러운 상황들을 버티며 넘긴다면 나는 승자가 된다. 하늘은 고통을 버틴 자에게는 선물을 준다. 그 선물이 무엇인지는 개인마다 다르지만 분명 당신이 버티길 정말 잘했다고 자부할 정도의 큰 선물일 것이다.

당신에게 어려운 상황이 와서 그 고비를 넘겨야 할 때, '내가 왜 이런 상황을 겪어야 하지?', '내가 왜 이러고 살아야 하지?', '이렇게까지 하며 살아야 하는 건가.', '난 왜 항상 이 모양이지?' 등 별의별 생각이 다 들 것이다. 자신이 생각하기에 심리적으로 벼랑 끝까지 왔다는 극단적인 시기가 왔을 때는 그냥 내가 있는 그 자리에서 눈만 뜨고 버티고만 있어도 잘하는 것이다.

'난 지금이 최선이야, 여기서 더 잘할 수는 없어. 내가 더 할 수 있는 게 없어. 지금 난 너무 힘든데 뭘 어떻게 더 해야 하는 거지.'라고 생각이 들 땐 더 잘하지 않아도 된다. 이런 상황에서 더 잘해야 한다는 생각은 오히려 상황을 회피하거나 포기해 버리기 쉽도록 자신을 지치게 만든다. 지금을 버텨야 한다는 것이 무의미하다고 생각할지도 모른다. 하지만 결코 그렇지 않다. 나중에 어려운 상황을 극복하고 나서 생각했을 때, 훨씬 더 강하고 강단있는 자신을 발견할 수 있을 것이다.

당신이 어떤 상황에서도 회피하거나 포기하지 않았으면 좋겠다. 오늘날 우리는 포기하는 것에 점점 익숙해져 가고 있다. 지금 겪는 고통이 힘들어서 포기하고, 최소한 지금의 고통이 익숙해졌기에 새로운 변화를 포기하고, 주변 사람들의 비판이 두려워 도전을 포기하고, 시작하지 않은 일에 대한 불가능을 먼저 생각하고 시작을 포기한다.

자신이 도전한 일에 대해 안 좋은 결과가 나왔다면, 성공할 때까지 다시 도전하면 된다. 다시 용기를 내어 도전하고 실패하고, 또다시 도전하고를 반복해서 성공을 이뤄낸다면 그 과정에서의 실패는 절대 실패가 아니다. 내가 하는 일에 대해 고비가 왔을 때 그 상황을 피하고 포기하는 것이야말로 진정한 실패다.

잘하지 않아도 된다. 자신에게 주어진 자리를 벗어나지 않기 위해 버티는 것만으로 충분히 잘하는 것이다. 시간이 지나가기를 기다리며 버티고 있으면 하늘은 당신을 절대 버리지 않을 것이다. 버티는 시간에 대한 보상은 반드시 있다. 겨울이 지나가고 봄이 오듯 당신의 인생이 겨울처럼 춥다면 따뜻한 햇빛을 맞을 봄도 반드시 찾아올 것이다. 버티자. 쨍하고 해 뜰 날은 머지않았다.

제 3 장

스펙이 아닌 스토리로 승부하라

넘버 원이 아닌 온리 원이 돼라

나의 지인 J는 굉장히 황당한 경험을 했다. J는 공부도 잘하고 착한 대학생이다. 그는 방학 때마다 용돈을 벌기 위해 아르바이트를 한다. 얼마 전부터 마트에서 카트 정리를 하는 아르바이트를 하고 있는데 옆에 한 아이가 소리 내어 크게 울고 있었다.

"너 자꾸 징징대면 공부 못하는 저 형처럼 된다!"라고 아이의 엄마가 J에게 손가락질하면서 아이에게 말했다.

J는 열이 받아 지갑에서 자신이 다니고 있는 우리나라에서 가장 좋은 S 대학교 학생증을 보여줬다고 한다. 그랬더니 아이의 엄마는 당황해하며 미안하다는 말 한마디 없이 아이와 함께 자리를 떴다고 했다.

"너는 반에서 몇 등 하니?"

"빨리 공부해. 공부해서 좋은 대학 가야지!"

대부분 사람들이 중고등학생 시절 어른들에게 정말 많이 들어왔었던 말이 "공부해서 좋은 대학 가야지."였을 것이다. 나도 정말 많이 들었다. 나도 그랬고 내 주위의 친구들은 그 시절 가장 큰 목표는 '인 서울 대학 가기, sky 대학 가기'였다. 그 어떤 것이든 큰 꿈을 생각할 수 있는 나이에 많은 학생들의 목표는 대학 가기에 굳혀있었다. 나 또한 그랬었다. 나는 사실 중고등학생 시절 공부를 그렇게 잘하는 편이 아니었다. 공부를 잘하지 못해서 학교에서 주눅들어 지내던 시절도 있었다. '공부를 못해서 좋은 대학에 못 가면 내 인생은 그냥 끝난 것인가?'라는 의문점도 항상 들었다.

지금 학생들은 좋은 대학을 가기 위해서 내가 어릴 적보다 더욱 치열하게 경쟁하고 있는 것 같다. 이렇게 학위를 목숨 걸 만큼 중요하게 생각하는 이유는 아직 많은 어른의 최종적인 목표는 '좋은 대학 가서 좋은 직장에 취직하기'로 두기 때문이다. 이런 생각들을 가지고 있는 부모님 아래에서 아이가 자란다면 아이 또한 공부를 못하면 죄인이 된다고 생각을 하며 자라기 쉽다. 훗날 지방대나 2년제 대학을 졸업한 사람들은 구직활동을 할 때도 자신감이 많이 없어지게 되고 학위가 자신의 발목을 잡는다고 생각을 한다.

사람들은 어느덧 학위 위주로 정해놓은 암묵적인 기준으로 세상을 살면서, 그 기준에 미치지 못하면 불만을 토로하며 쉽게 부정적인 생각을 한다. 정작 자신의 인생에서 가장 중요한 핵심인 꿈에 대해서는 진지하게 생각해 보지 않거나 당연히 이루어지지 않는다고 꿈꾸기를 포기하는 사람들도 있다.

대도서관은 유명한 유튜버이자 1인 크리에이터이다. 그는 현재 연봉 17억 이상을 벌어들이고 있다. 그의 학력은 고졸이다. 그는 고등학교를 졸업하고 딱히 꿈은 없었지만, 아르바이트를 하며 시간이 남으면 컴퓨터 게임 등 자신이 좋아하는 것들을 했다. 그러다 우연히 어느 대기업의 인터넷 강의를 하는 곳에서 일을 하게 되었다. 컴퓨터와 관련된 IT 직종의 일이었기 때문에 평소 컴퓨터 하는 것을 좋아했던 그는 컴퓨터를 하는 학생들의 심리를 누구보다 쉽게 알 수 있었다. 그래서 아르바이트를 하면서 인터넷 강의를 기획하는 일에 대해 조금씩 의견을 내기도 했다. 그것이 회사에 큰 도움이 되기 시작했다.

대도서관 또한 IT 관련 기획하는 일에 재미를 느꼈고 꿈을 키웠다. 회사에서 그에게 주는 모든 기회를 잡고 모르는 부분들도 직접 발로 뛰어 이것저것 알아보고 실행해가며, 자신에게 주어진 일에 끊임없이 부딪히고 최선을 다해 일하여 회사의 정직원이 되었다. 대도서관은 원래 회사에 필요한 인력이 아니었다. 하지만 자신이 회사에서 할 수 있는 일들을 직접 발로 뛰고 부딪치며 회사에 필요한 인력이 되려고 애썼다. 자신이 해 보지 않았던 일들도 어떻게든 독학으로 배우며 회사에 꼭 필요한 인재가 되었다. 그렇게 직접 솔선수범하여 배웠던 일들이 유튜브를 할 때 아주 큰 도움이 되었다고 한다.

그 후로 IT와 관련된 1, 2위를 다투는 대기업까지 들어갔고, 많은 경험이 쌓이다 보니 자신을 브랜드화시킬 수 있는 일을 찾고 싶다는 생각이 들었다. 그래서 인터넷에서 그가 좋아하는 게임을 하는 방송을 시작하게 되었다. 많은 경험을 해 보며 자신이 원하는 것들과 관련된 기회들을 스스로 잡았고 직접 보여주며 자기 자신의 가치를 높여 갔다.

사람들은 자신이 어떤 사람인지 학력과 스펙만을 쌓고 종이 한 장만으로 자신의 실력을 증명해 보이려고 한다. 하지만 이제는 시대가 점점 변해가고 있다. 학위가 높고 유학을 다녀온 사람들은 수두룩하다. 학력은 더 이상 눈에 띌 만한 요소가 되지 못한다. 일류대학 나온다고 무조건 사회에서 성공하는 것도 아니고 고졸이라고 해서 성공을 못 하는 시대는 지났다. 자신에게 주어진 환경을 불평만 하는 사람들은 성공할 수 없다. 하지만 꿈을 갖고 어떤 환경이 주어지든지 자신만을 위한 환경으로 직접 만들어가는 사람은 그 어떤 것이든 해낼 수 있다.

물론 학위는 아직까지는 처음 그 사람을 판단하는 데에 중요한 역할을 한다. 정말 어떤 분야에서 실력이 있는 사람이 다른 사람들에게

1
ONLY

증명하기 위해서는 학위가 높다면 조금 더 쉽게 증명할 수 있고, 긍정적인 시선을 받을 수 있지만, 학위가 낮으면 확연히 처음부터 무시하는 시선으로 사람을 바라본다. 이건 워낙 옛날부터 있어 온 뿌리 깊은 시선이니 어쩔 수 없다. 하지만 자기 자신을 '학위가 낮은 나'에 집중하기보다 '꿈이 있는 나', '나는 어떤 가치를 창출할 수 있는지'에 대해 더 집중적으로 생각하고 실행한다면 사회에서 학력만이 다가 아니라는 사실을 알게 될 것이다.

나는 독학사라는 곳을 통해 4년제 학위를 취득했다. 우리나라에서 제일 큰 성형병원에서 함께 일하던 사람들은 알고 보니 대부분 정규대학을 졸업했거나 유학을 다녀온 사람들이었다. 나는 학위도 높지 않았고 중국에서 살아본 경험도 전혀 없었지만, 영어와 중국어를 함께 사용할 수 있는 장점과 면접을 볼 때 적극적이고 긍정적인 자신감이 있는 태도로 합격할 수 있었다고 나를 평가했던 과장님이 나중에 말해주셨다.

성형병원에 입사하고 초반에 나와 함께 일하는 사람들은 모두 나를 그냥 잠시 스쳐 지나가는 일회용 직원 중 한 명이라고 생각했다. 정말 많은 외국인을 병원에서 한꺼번에 응대하는 일이었기 때문에 모두 힘들어 금방 그만둔다고 하였다. 내 자리에서 일했던 사람은 외국인이었는데도 다른 외국인들을 대하는 것과 이 일이 너무 힘들어 한 달 만에 그만뒀다고 했다. 내가 일하며 겪어보니 사실 그만둘 만

했다. 많은 외국인을 응대하는 것도 힘들지만 다른 여러 가지 업무도 함께 봐야 했기 때문에 몸이 열두 개라도 모자랐다. 하지만 내가 꿈꿔왔던 다양한 각국의 외국인들을 보고 소통할 수 있었기 때문에 나는 버틸 수 있었다.

처음 내 실력의 부족한 부분을 채우려 남들보다 몇 배로 눈치 빠르게 행동하였고, 성실하게 버티며 열심히 노력했다. 그랬더니 함께 일하는 사람들도 나의 가치를 인정해 주고 나를 능력 있는 사람으로 보기 시작했다. 같이 일하는 동료들도 나와 일을 할 때 편안함을 느끼고 안정감을 느낀다고 했다. 나를 채용했던 과장님도 흐뭇해하셨다. 나중에 내가 회사를 더 이상 다니지 못하게 되었을 땐 감사하게도 모두가 꼭 다시 돌아오길 바란다며 내가 그만둔 후에도 계속 연락을 주셨다. 참 감사한 마음도 들고 뿌듯했다.

본인 스스로 자신의 가치를 찾아서 어필한다면 학위는 중요하지 않다. 다른 사람이 학위를 중요하게 생각한다고 하더라도 내가 그것에 대해 어떻게 생각하고 행동하는지에 따라 다른 사람의 생각 또한 변화시킬 수 있다. 당신이 자신의 가치를 소중하게 여기고 명확한 꿈을 갖고 세상을 대한다면, 세상 또한 당신을 학위로 평가하는 것이 아닌 진정한 당신을 평가해 줄 것이다.

스펙이 아닌 스토리로 승부하라

최고를 위해 스펙을 따라

무한 경쟁에 돌입하지 말고

자신만의 유일한 스토리를 가져라

빛나는 존재로 살아가라

- 김정태

"J야, 너는 교환학생으로 외국 갈 생각 없어?"

"응, 딱히 별로, 그거 힘들대~"

"누가 그래?"

"그냥, 다녀온 사람들이 그렇다고 하던데? 그리고 스펙도 안 된데, 오히려 안 가본 만 못하다 그러던데?"

"꼭 그런 걸 스펙 쌓으려고만 가니, 외국 가서 고생은 사서도 하는데. 너만의 경험 자체가 곧 너밖에 없는 유일한 경험이자 스펙이 되는 건데."

얼마 전 내 친한 동생 M를 만났다. 참 밝고 예쁜 동생이다. 그녀는 현재 대학생이라 한창 꿈을 꾸고 많은 경험을 할 수 있는 최적화된 나이이기도 하다. 내가 저 나이 때는 한창 빚과 채권자들에게 발목이 잡혔을 때라 마음대로 꿈을 꿀 수 없었던 상황이었기에 그 시절 이것저것 못 해본 것이 너무 아쉽다는 생각이 들 때가 있었다. 그래서 친한 동생은 지금 한창 좋을 때 이것저것 많이 경험해 보고 느껴보았으면 하는 마음에 만나면 여러 주제에 관한 대화를 많이 한다.

어느 날은 '너는 꿈이 뭐니? 무얼 하고 싶니?' 등에 관해 대화를 나눈 적이 있다. 그녀는 경험하고 싶은 것은 많이 있지만, 선뜻 용기를 내지 못할 때가 많았고, 대학교를 졸업할 때가 되니 보편적인 스펙을 쌓는 것과 관련된 일 말고는 다른 일에는 굳이 모험을 하고 싶지 않은 눈치였다. 지금은 그 어떤 것도 꿈꿀 수 있고 해볼 수 있는 나이인데, 해 보고 싶은 것들은 있지만 스펙과 관련 없는 것들에 대해서는 제한을 두고 도움이 되지 않는다고 생각하는 모습이 나는 너무 안타까웠다.

오늘날 우리는 대부분 남들이 가는 길만을 가려고 한다. 남들이 가

보고 안전하다는 길만을 가려는 경향이 있다. 그렇게 생각할 수밖에 없도록 어린 시절부터 교육받고 자라왔기 때문일지도 모르겠다. 너무나 당연하게 중고등학생 때는 무조건 서울에 있는 좋은 대학교만을 가기 위해 공부하고, 대학을 갔을 때는 당연하게 안정된 직장에 취직만을 목표로 이력서 자격증란에 한 줄이라도 더 채워 넣기 위해 스펙을 준비하는 사람들이 대부분이다. 이처럼 우리는 스펙을 중요시하는 시대에 살고 있다. 스펙을 위한 일이 아닌 다른 일들은 모두 별 볼일이 없다고 생각하거나, 할 필요가 없다고 생각한다. 그러면서 취직이 잘 안되는 이유가 자신이 내세울 스펙이 없어서라고 생각하고 자책하며 자신감을 잃는다.

A 학생은 영국에서 굉장히 유명한 대학을 졸업하고 성지순례도 다녀오는 등 화려한 스펙을 가지고 있지만, 항상 자신이 부족하다고 생각했다. 그리고 그런 자신 없는 마음과 태도로 면접을 보아서인지 지원을 했던 회사에 합격할 수 없었다. B 학생은 지방에 있는 대학을 졸업하여 이렇다 할 스펙은 딱히 없었다. 하지만 B 학생이 확실히 가지고 있는 한 가지는 바로 '죽기 살기로 열정을 다하겠다.'라는 마음이었다. 이런 부분을 면접관에게 의미 있게 전달하다 보니 면접 점수를 잘 받을 수 있었고 결국 원하는 기업에 합격할 수 있었다.

명문대 졸업, 성지순례, 유학 등 자신이 가지고 있는 경험이 화려하더라도 자신이 그것을 하찮다고 생각을 하면 남에게도 그 경험은 하찮은 스토리가 된다. 하지만 편의점이나 과외, 공장 아르바이트 등 비교적 평범하고 쉽게 할 수 있는 경험이라고 생각하지만 '이 경험이 자신에게 굉장히 의미가 있고 가치가 있다.'라고 스스로 생각을 한다면 자신도 성장할 수 있고 당당해지며, 그 모습은 다른 사람에게 충분히 매력적으로 어필이 될 수 있고, 감동을 줄 수 있다.

자신만의 스토리로 유엔 사무국에 입사하여 일한 경험이 있는 김정태 작가는 이렇게 말했다. "대부분의 한국 사람들은 유엔에 입사지원서를 쓸 때 스펙을 준비해 오는 습성이 있다. 하지만 유엔의 입사지원서에는 '자격증을 쓰는 란'이 없다. 단지 유엔의 이력서에는 구체적인 자신의 역량에 관한, 그에 대한 스토리를 요구하고 있다. 역량이란 내가 아는 지식을 말하는 것이 아니라 내가 행하는 것이다. 즉, 역량은 내가 알고 있는 지식만이 아니라 내가 그 지식을 가지고 행동하는 것이다. 그리고 나의 역량은 타인에게 행동할 때 각자에게 역량이 발휘되는 것이기 때문에 다른 사람을 위해 행동하다 보면 자신만의 스토리가 만들어지고 그것을 통해 결국은 자신의 역량이 개발되는 것이다. 결국, 많은 경험과 경험에 의한 스토리가 중요하다는 것이다."

요즘은 토익 만점은 당연하고 sky 대학, 유학 등 좋은 스펙을 가진 사람들이 수두룩하게 많다. 좋은 스펙을 쌓으려면 그에 필요한 돈이 있고, 마음만 먹는다면 누구나 쌓을 수 있다. 이런 스펙은 사람들에게 잠시나마 눈길을 끌 수는 있을지 몰라도 오래 기억에 남지 않는다. 하지만 스토리는 사람들에게 감동을 준다. 스토리는 오직 나 자신에게만 주어지는 유일한 이야기이다. 또한 그 사람의 인생을 엿볼 수 있다. 한 사람의 인생, 신념, 목표, 인성까지 알 수 있다.

나 또한 스펙으로 따지자면 특별한 것 없이 평범한 축에 속한다고 말할 수도 있다. 하지만 나는 그렇게 생각하지 않는다. 자격증란에는 채울 것들이 많지는 않지만 나는 스펙만으로 내 인생을 다 말할 수 있다고 생각하지 않는다. 바닥까지 쳤던 나의 인생 경험에서 나는 학원에서 배운다 해도 얻을 수 없는 단단한 내 자아를 갖게 되었고, 명확한 꿈과 목표를 갖게 되었다. 그래서 이제는 그 어떤 어려움, 고통이 와도 나는 다시 일어나서 해결하며 나아갈 수 있다. 이 스펙이 나에겐 최고의 경험이라고 생각한다.

당신도 분명 있을 것이다. 내세울 게 없다고 생각했던 자신의 경험을 잘 생각해 보자. 그 안에 찾아보면 희로애락이 다 있을 것이다. 그것을 글로 적어라. 그럼 당신만의 유일한 스토리가 만들어질 것이다. 당신의 이야기는 그 어떤 스펙보다 강렬한 어필을 할 수 있다.

남이 시키는 일이 아닌 가슴이 시키는 일을 택하라

'최선을 다했지만 행복하지 않았다. 어느 날 나는 태어났다. 내가 태어났을 때 나는 최선을 다해 울었다. 최선을 다해 밥을 먹고, 최선을 다해 공부하고, 최선을 다해 대학을 갔다. 최선을 다해 취업하고, 최선을 다해 회사에 다니던 어느 날 나는 문득 깨달았다.

최선을 다했지만, 나는 전혀 행복하지 않다는 것을….'

평일은 회사의 것, 주말만 나의 것인 일상의 반복, 나는 주말 2일을 위해 평일 5일을 희생하며 살고 있었다. 인생의 30%를 위해 70%를 저당 잡힌 것이다. 전 국민이 일요일 저녁이면 텔레비전 앞에 앉아 웃음을 터트리지만 웃는 게 웃는 게 아닌 것이다. 바야흐로 우리는 웃으면서도 우울해지는 '희극적인 비극'의 시대를 살고 있다. 최선을 다했지만 행복하지 않은 삶을 태연하게 살아가는 모순의 시대에서 나는 생각했다. 과연 어디서부터, 무엇이 잘못된 것일까.

-창업가이자 작가 장수한의 《퇴사 학교》 중에서

이 책의 저자는 남들이 부러워할 만한 꿈의 직장인 대기업 S 전자에 입사하여 일하지만, 문득 자기 삶을 돌아보니 행복하지 않음을 느꼈다. 이 저자뿐만 아니라 나도 경험했었고 많은 직장인들이 공감하는 이야기일 것이다. 매일 아침 새로 시작하는 하루가 행복하지 않았다. 나의 영혼이 점점 사라지는 것 같았다.

이렇게 생각하는 데에 여러 가지 이유가 있을 것이다. 내 경우는 회사가 전쟁터 같았다. 출근하며 내리는 마지막 지하철역에서 "내가 살아남아야 한다. 절대 다른 사람들에게 물리면 안 된다."라고 매일 다짐하며 회사를 갔다. 점심시간도 언제 불려갈지 모르는 상황이 잦아서 마음 편히 밥을 먹는 날이 정말 드물었다.

"드디어 퇴근 5분 남았다!!!"

하루에 내가 유일하게 행복을 느끼는 순간이었다. 어느 날부턴가 나는 모든 것들을 항상 억지로 하는 기분이 들었다. 정해진 틀에서 뒤처지지 않아야 하고 항상 눈치를 봐야 했다. 내 인생의 주인공은 '나'여야 하는데 회사에 다닐 때 나는 '그냥 세상에 붙어사는 조연일 뿐이다.'라는 생각이 들었다.

내가 직장을 다니면서 행복하지 않았다고 해서 내가 다녔던 직장이 안 좋았다는 이야기가 아니다. 혹시나 오해는 말기를 바란다. 사람이 살아가면서 자신의 미래에 대한 목표가 있어야 한다. 하지만 나는 회사에 입사하고 다니면서 내가 하고 싶었던 일에 대한 생각만 있었지, 직장과는 별개로 내 인생의 목표가 뚜렷하지 않았다. 그냥 회사에서, 상사들이 시키는 일에 대해서만 따르기 바빴다. 회사에서 주어진 일들만 하면서 퇴근만 기다리는 하루의 연속이었다. 뚜렷한 목표가 없었기에 특별히 해야만 하는 것도 없었다. 그냥 살아있으니 사는 거였다. 그것이 나의 근본적인 불행의 근원이었다.

만약 내가 회사에 다닐 때, 다니기 전부터 나만의 꿈이 있고 뚜렷한 목표가 있었다면, 그 목표를 이루는데 회사에서 일한 경험이 필요했다면 나는 매일 이렇게 영혼 없는 하루를 살지는 않았을 것이다.

나는 세상이 정한 틀에 맞춰서 살면 당연히 행복할 줄 알았다. 그래서 가족들과 주변 사람들이 바라는 대로 살면서, 결과가 그 기대에 미치지 못하면 실패와 좌절감으로 자괴감이 많이 들기도 하였다. 무의식적으로 그렇게 생각하며 살고 있었다. 정작 내가 원하는 것들은 생각도 하지 못한 채 말이다. 그냥 맞춰 살기 바빴다. 그런데 내 인생에 생각지도 못한 폭풍이 휘몰아치고 나니 내 인생에 대해서 여러방면으로 폭넓게 생각해 보게 되었다. 내 가족들이나 주변 사람들이 바라는 대로가 아닌 '나만의 기준으로 정한 행복을 찾아 살고 싶다.'라는 생각이 들었다. 그런 생각들을 하니 내가 살아가는 삶에 대한 관점이 조금씩 달라졌다.

'내가 행복하게 할 수 있는 일이 무엇인지, 나는 어떤 꿈이 있는지, 내가 그 꿈을 위해서 어떠한 일들을 해야 하는지' 다시 나를 천천히 곰곰이 생각해 보았다. 그리고 나만의 기준과 목표를 정했다. 그 목표는 남의 시선과 선입견을 신경 쓰지 않는 나만의 신념이 들어간 목표였다. 그렇게 정한 목표는 나에게 아무리 힘든 상황이 오고, 남이 포기하라고 방해해도 그 어려움을 견딜 수 있는 힘을 주었다.

남이 시키는 일을 하면 어려운 상황에 부딪혔을 때 쉽게 헤쳐 나갈 수 없게 된다. 왜냐하면, 내 인생의 앞을 바라볼 수가 없기 때문이다. 하지만 내가 정한 목표를 이루기 위한 일을 한다면 어떤 어려움이 와도 스스로 헤쳐 나갈 수 있게 된다. 목표를 이루기 위해 어려움을 어떻게 극복해 나가야 하는지 방법을 모색하게 된다. 그리고 고난을 견디고 헤쳐 나갈 수 있는 용기와 에너지가 생긴다.

당신이 사막 한가운데에 있다고 생각해 보자. 뜨거운 햇볕 때문에 목이 말라 죽겠다. 하지만 걷고 또 걸으며 주위를 아무리 둘러봐도 아무것도 보이지 않는다. 그렇다면 당신은 '아, 힘들다. 젠장, 오아시스도 안 보이는데 열심히 걸어서 뭐 하나. 힘드니 쉬었다 가자.'라는 생각을 하며 쉬엄쉬엄 걸었을 것이다. 하지만 저 멀리 사막 언덕 너머에 밝은 불빛과 오아시스가 보인다면 어떻게 하겠는가? 힘들다고 주저앉아 포기하겠는가, 아니면 그 오아시스를 향해 힘들어도 전력을 다해 전진하겠는가? 인생에 목표가 있고 없고에 따라 삶이 달라진다.

당신의 인생을 더 빛내기 위한 행동이라면 실패도 실패가 아니다. 우주의 관점에서 보면 '더 나아가기 위한 제로'인 셈이다. 단, 이 행동이 다른 사람의 시선이나 기대에 부응하기 위한 것이라면, 실패할 경우에는 커다란 절망에 빠지고, 성공을 한다고 해도 어딘가 허무함을 느끼지 않을 수 없다.

그렇게 된다면 운 좋게 지구라는 아름다운 세상에 와서, 재미있는 놀이기구는 모두 다른 사람만 태워주는 결과를 낳는다. 정말 아깝지 않을까? 자신에게 중심축을 두고 살려면 어떻게 해야 할까?

'나는 사람들에게 어떻게 보일까?'가 아니라 '나는 어떤 사람이 되고 싶은 것일까?'만을 목표로 삼아야 한다.

'나는 이런 사람이 되겠다.'라는 확실한 각오가 없으면 기적은 절대로 일어나지 않는다.

-심리 테라피스트, 인디고드센다이 대표 고이케 히로시
《2억 빚을 진 내가 뒤늦게 알게 된 소~오름 돋는 우주의 법칙》 중에서

당신이 오로지 남이 시키는 일만을 하고 있다면 고통과 어려움이 닥쳤을 때 이 일을 계속해야 하는지, 말아야 하는지 방향을 잃기 쉬울 것이다. 하지만 당신의 가슴속에 신념이 있는 꿈과 목표가 있다면 당신은 길을 헤매지 않을 것이다. 또 한 마음의 평화를 얻고, 현재 삶을 즐길 수 있을 것이다. 당장 눈앞의 상황만을 보기보단 당신에게 남아 있는 더 넓은 미래를 보고, 꿈을 위한 일을 하길 바란다. 그럼 모든 것들은 저절로 좋은 방향으로 흘러가게 되어있다.

가슴이 시키는 일에 도전하라

"인생은 짧고 다시 되돌릴 수 없다. 하지만 우리는 삶의 순간순간마다 존재의 경이로움에 놀라며 인생의 의미를 맛볼 수 있다. 이 얼마나 알알이 소중한 시간들인가?"

기회는 딱 한 번 오고, 지나가면 영원히 잡을 수 없다. 그렇기에 삶의 순간순간들은 나만의 특별한 재능과 능력을 발휘하고 발전시킬 수 있는 단 한 번의 기회이다. 또한 지금 내가 가진 것으로 현재의 위치에서 최선을 다할 수 있는 기회이며, 그래서 삶에 감사와 믿음이라는 선물을 되돌려 줄 수 있는 기회이다.

-시인 헨리 데이비드 소로(Henry David Thoreau)

'가슴이 시키는 일에 도전하라.'라는 말을 들으면 어떤 사람들은 진정으로 자신이 원하는 일이 무엇인지를 생각하는 사람들도 있겠지만 반면에 어떤 사람들은 "마음 편한 소리 하고 있네. 먹고살기 바빠 죽겠는데 가슴이 시키는 일? 그거 찾으면 저절로 내 처자식들 밥 먹여주나?", 혹은 "저는 무엇을 원하는지, 내 가슴이 시키는 일이 무엇인지도 모르겠어요."라고 말하는 사람들도 있을 것이다.

모두 다 맞는 말이다. 그래서 내가 원하는 일을 하려면 '도전'이 필요하다는 것이다. 나에게 일어날 수 있는 위험성을 감수하고도 내 뜻대로 나아가는 것이 '도전'이다. 또한 위험성을 감수해야 한다는 것은 받아들여야 할 것이다. 두렵지도 않고 안전하고 편하게 하는 것은 도전이 아니다. 그럼에도 불구하고 내가 간절히 원하니 해 보는 것이 '도전'이다.

인생에서 선택과 결단력은 중요하다. 모두 암묵적으로 알 것이다. 내가 정말 원하는 것을 얻고 싶을 때는 포기해야 하는 것들에 대한 결단이 필요하다. 희생없이 안전하게 내가 원하는 것을 얻을 수는 없다. 결단하기 어렵다면 일단 '내 인생의 우선순위'를 생각해 보자. 자신의 삶에서 어떤 것이 중요한지 순위를 매겨본다면, 당신은 '삶에서 내가 진정 무엇을 원하는지' 자기 자신을 천천히 돌아볼 수 있을 것이다.

안전하게 돈을 벌어야 하는지, 아니면 처음에는 시간이 필요하지만 내가 간절히 원하는 꿈을 위해서 도전하고 결국은 성공을 해 낼 것인지 말이다. 유감스럽게도, 두 마리 토끼를 한꺼번에 다 잡기는 어렵다. 하지만 분명한 것은 꿈을 이룬다면 경제적인 부분은 알아서 뒤따라올 확률이 아주 높다는 것이다. 그때까지 버티는 것이 힘들긴 하겠지만 말이다. 만약 아무리 생각해도 안전하게 들어오는 수입을 포기할 수 없을 것 같다면 그냥 남이 시키는 일을 계속하는 것이 맞다. 아직 위험을 감수할 만큼 당신이 원하는 꿈에 대해 간절한 것은 아닐 것이기 때문이다.

인생에서 다른 선택을 하고 어떤 것을 도전하기에는 정말 많은 용기와 결단이 필요하다. 20대에는 직장을 빨리 들어가서 자리를 잡기를 원하고, 30대에는 무언가를 해야 한다는 것은 알지만 쉽게 용기를 내지 못하고 세상과 타협하기 쉽다. 또한 40대 이후로는 '20대에 뭣도 모를 나이에 나를 위한 도전을 했어야 했는데….'라고 후회를 하기도 한다. 그 어떤 시기에도 내 인생을 걸고 '나'의 꿈을 위한 용기를 내기는 쉽지 않다.

나는 인생에 문제가 되었던 것들을 정리하고 난 후, 다시 직장을 구해야 할 시기에 참 많은 생각을 했다. 직장은 얼마든지 다시 들어갈 수 있다. 하지만 나는 더 이상 다시 회사에서 퇴근 시간만 목이 빠지도록 기다리는 기계가 되는 것을 원하지 않았다. 지금 내 우선순위는 '행복'이었다. 나는 내가 원하는 것에 도전하며 진정한 '행복'을 느끼고 싶었다. 나에게 간절하게 이루고 싶은 꿈이 있을 때, 그것을 도전해야겠다는 의지가 있을 때, 바로 지금이 내 인생에 변화가 필요한 중요한 시점이자 새로운 기회라고 생각했다. 이 기회를 후회없이 용기내어 잡아야겠다는 마음이 들었다.

처음에 나는 노트북 하나만 있으면 할 수 있는, 시간과 장소에 얽매이지 않는 일을 하고 싶었다. 그래서 그와 관련된 일을 찾다 보니 블로그 마케팅을 알게 되었고, 블로그 마케팅을 공부하면서 그와 관련된 일을 재택근무로 하게 되었다. 나중에는 다른 사람들에게 원격으로 온라인 마케팅에 관한 교육을 하는 일을 했다. 처음 온라인에서 하는 일을 배울 때 정말 어려웠다. 직접 누군가와 상대하고 몸으로 뛰는 서비스직 일을 하다가, 모든 업무를 컴퓨터로 하려니 여간 새롭고 어려운 일이 아니었기 때문이다.

몇 달간은 종일 컴퓨터만 껴안고 있었다. 해가 뜨는 것을 보며 잠드는 날의 연속이었다. 신기했던 것은 그래도 힘들지 않았다는 것이다. 자리를 좀 잡을 때까지는 경제적인 부분 또한 힘들고, 일을 배우는 것도 힘들었지만 매일 시작하는 하루가 이상하게 즐거웠다. 직장에 다닐 때는 눈 뜨는 것이 지옥 같았는데, 직장 다닐 때보다 집에서 일을 더욱 많이 하는데도 아침에 눈을 뜨면 아드레날린이 솟아나는 느낌이 들면서 벌떡벌떡 일어났다.

블로그 마케팅을 배우면서 우연한 기회에 지식창업을 알게 되었고, 나는 더욱 명확한 꿈을 꿀 수 있게 되었다. 나만의 브랜드를 만들고, 나의 능력을 수익으로 창출할 수 있는 1인 창업가가 되겠다는 명확한 목표를 정할 수 있었다. 내가 원하는 쪽으로 꿈을 꾸고 경험을 하다 보니 내가 꿈을 이루기 위해 무엇을 실행해야 하는지 더욱 선명하게 알 수 있었다. 물론 내가 가야 하는 길이 그리 쉬운 길이 아니라는 것도 알았다. 하지만 내가 원하는 것들을 어떻게 하면 이룰 수 있는지, 무엇을 해야 하는지 알고 나니, 무엇을 상상해도 가슴이 설레었다. 꿈을 이루기 위해 해야 하는 일들이 무엇인지 명확히 알고나니, 도전할 수 있는 용기가 마구 솟아났다.

20대의 고생은 여러모로 헛되지 않았다. 예전을 생각하면 이 정도의 고생은 무섭지 않았다. 나는 명확히 원하는 꿈이 있고, 그 꿈을 이룰 때까지 포기하지 않고 도전한다면 나는 언젠가 꼭 성공할 것이라고 확신했다. 이런 생각을 가지고 일할 때, 나는 무엇이든 도전할 수 있었고, 행복함을 느꼈다.

나는 어느 정도 수입을 갖기를 원했습니다. 자유롭게 여행할 수 있기를 원했고, 가고 싶은 곳은 어디든지 갈 수 있기를 원했습니다. 내가 하는 일을 통해서 나의 인생이 어떻게든 더 나아지기를 바랐습니다. 다른 사람들은 자신들이 바라는 일을 하도록 놔두면서도 말이지요. 그렇다고 나를 아는 다른 사람들이 나 때문에 퇴보하는 일이 없기를 바랐습니다. 사람들에게 그런 이야기를 하면 웃음을 터트렸습니다.

그들은 말했습니다.

"오, 제리. 너는 꿈을 꾸고 있는 거야. 그런 일은 절대로 있을 수 없어."

그러면 나는 대답했습니다.

"아니야. 반드시 있을 거야. 에머슨이 말했잖아. 당신에게 그것을 이룰 능력이 없다면 당신은 그것을 꿈꾸게 되지도 않았을 거라고." 나는 그 말을 믿었습니다.

그리고 살다 보면 내가 바라는 일들을 이룰 수 있는 기회가 진짜로 찾아올 거라고 기대했습니다. 내가 원하던 것을 명확하게 진술한 지 30여 일이 지났을 무렵 어떤 사람을 만났고 함께 사업을 운영하게 되었습니다. 다시 말해서 그것은 내가 적었던 본질을 모두 이룰 수 있게 해 주었던 것입니다.

-작가이자 강연가 에스더 힉스,
젤리 힉스(Esther&Jerry Hicks)의 《머니 룰》 중에서

위의 이야기처럼 나 또한 나를 믿고 내가 원하는 삶을 살아보기로 했다.

내 꿈을 생각하고, 그에 대해 도전을 하다 보면 원하는 것을 얻기 위해 필요한 기회들이 하나둘씩 나에게 찾아왔다. 이 기회를 잡는다면 내 꿈에 점점 더 가까워지면서 결국은 원하는 것을 이루게 될 것이다. 나는 나에게 왔던 기회를 모두 잡고 있고 원하는 삶의 반은 이미 이뤘으며 지금도 진행 중이다.

꿈을 이루기 위해 도전하는 것은 쉽지 않다. 하지만 분명한 건 내 인생에 간절하게 원하는 목표와 꿈이 있다면, 인생을 걸고 한 번쯤은 죽어라 도전해 보는 것을 추천하고 싶다. 자신이 원하는 일을 하면서 내 의지로 도전하고 열정 있게 살아본다면 이 선택이 얼마나 매력적인 삶인지 알 것이다. 그 과정에서 겪는 실패는 어떤 실패보다 쓰겠지만, 그래도 꿈을 이루려고 하나하나 목표를 정복한다면 그에 대한 성공은 그 어떤 삶보다 달콤할 것이다. 꿈을 이루기 위해 도전하는 당신에게 영원한 실패는 결코 존재하지 않을 것이다.

한 번쯤은 내가 진정으로 원하는 일에 꿈을 갖고 도전해 보길 바란다. 내 인생에 주인공은 바로 '나'다. 당신이 인생에 주인공이 된다면 누구보다 빛날 것이다.

스스로 인생의 열쇠를 남에게 쥐어 주지 마라

내가 참 재미있게 보았던 KBS 드라마 《동백꽃 필 무렵》에서 이런 대화 장면이 나온다.

"근데 저는 남들 보기에 보란 듯이 행복한 건 진작에 포기했어요."

"왜 포기를 해?"

"남들 보기야 어떻든 뭐 그건 걔들 생각이고, 저도 원래는 좀 행복을 수능 점수표처럼 생각했었어요. 남들이 줄 세워놓은 표를 멍하니 올려다보면서 나는 어디쯤인가, 나는 어디 껴야 하나 올려다보고, 또 올려다봐도 답이 없더라고요. 뭐 어차피 답도 없는데 거기 줄을 서서 뭐해요. 오케이, 그건 니들 기준이고 '내 점수는 내가 매기면서 산다.' 하고 살아요. 남들 보기야 어떻든 나 보기에만 행복하면 됐죠. 뭐."

"동백 씨 마음엔 동백 씨 꽃밭이 있네. 난 수능 표 꼭대기 먹고, 그 유명한 법대 간 사람인데 내 꽃밭이 없더라."

우리에겐 너무나 당연하게 생각하고 있는 기준들이 있다. 학생 때는 죽어라 공부만 해야 하고, 대학은 꼭 서울 안으로 입학해야 좋고, 스펙은 무조건 빵빵해야 하고, 대학교 졸업 후 취직하는 것이 당연하고 서른 언저리 나이에 결혼은 당연히 해야 하는 과정이라고 생각한다. 반대로 학창 시절 공부 못 하면 꼴통이고, 지방대 나오고 스펙 없으면 무시하고, 대학교 졸업 후 취직이 안 되면 한심하게 보고, 서른이 넘도록 결혼을 안 하고 있으면 '결혼은 언제 할 거야?'라는 말을 들으며 걱정스러운 시선을 받기 시작한다. 더 안타까운 건 우리는 이미 남이 정해놓은 기준에 맞춰서 살아왔기 때문에 자신이 그 기준에 어긋나면 기가 죽고, 의미 없는 사람이라고 판단해 버리기 쉽다는 것이다.

나도 그렇게 생각했을 때가 있었다. 사람들이 정해놓은 조건, 기준과 다르다고 생각했던 것들에 대해서 생각하며, 사회에 나가서도 괜히 기가 죽고, 사람들이 안 된다면 정말 안 되는 것이고, 부족하다면 정말 부족하다고 생각했다. 아버지 없이 자랐기에 괜히 기가 죽었고, 중국어 생초보가 중국인과 경쟁하며 자격증을 취득하기까지도 사람들의 시선에 왠지 모를 주눅이 들었었고, 나의 처지에 당당하지 못했다.

그런데 생각해 보면 다른 사람들에 비해 부족하다고 생각했던 것들은 내가 더 발전할 수 있는 계기가 되었다. 아버지가 곁에 없었지만 오히려 다른 가족들에게 더 많은 관심과 사랑을 받았으며 참 행복하게 자랐다. 중국에서 살아보지 않았지만, 오히려 그 약점 때문에 '이 악물고 누구보다 더 열심히 해야겠다!'라는 오기가 생겨 결국은 취득하게 되었다. 그리고 가정적, 경제적으로 힘든 일들을 겪었기에 현재 내 마음의 그릇이 커질 수 있었다.

'파산을 한다.'라고 하면 아무리 어려워도 거기까지는 안 간다며 인생의 끝자락으로 여기는 사람들이 있다. 나도 '내 인생은 끝났구나.'라는 생각에 절망적인 마음을 감당하지 못하고 있었다. 그런데 겪고 보니 이 경험은 인생에서 나만의 신념을 가질 수 있는 큰 밑거름이 되었다. 덕분에 나는 어떤 어려움이 와도 좌절만 하고 있지 않을 배포가 생겼다.

확실한 건 '남들이 알고 있는 것'이 내 인생의 다가 아니라는 것이다. 타인은 당신을 평가할 수 있다고 해도 당신 인생을 책임져 주지 않는다. 당신 인생의 책임자는 바로 당신이다. 그러니 남의 시선으로 당신의 선택을 좌지우지하지 않았으면 좋겠다.

한 소년이 있었다. 그의 아버지는 마구간에서 마구간으로, 경마장에서 경마장으로, 목장에서 목장으로 말을 훈련시키며 돌아다니는 떠

MY
OWN
LIFE

돌이 말 조련사였다. 그래서 소년은 고등학교 시절 끊임없이 학교를 옮겨 다녀야 했다. 그가 졸업반이 되었을 때 담임 선생님은 학생들에게 훗날 어른이 되면 어떤 인물이 되어 무슨 일을 하고 싶은지 써보라는 숙제를 내주었다.

그날 밤 소년은, 언젠가 거대한 말 목장의 주인이 되겠다는 인생 목표를 일곱 장의 종이에 걸쳐 자신의 꿈을 아주 상세히 적었다. 건물과 마구간과 트랙이 있는, 25만 평에 달하는 목장의 설계도를 그렸다. 그리고 자신이 꿈꾸는 목장 안에 지을 백 평짜리 집 평면도도 덧붙였다. 소년은 목장 설계에 온 마음을 쏟아부었다. 그리고 다음 날 선생님께 제출했다. 이틀 뒤 소년은 숙제를 되돌려 받았다. 겉장에는 'F'가 빨간 글씨로 크게 적혀있었고 '수업 끝난 후 나를 만날 것'이란 쪽지가 붙어 있었다. 꿈을 가진 그 소년은 수업이 끝난 뒤 선생님을 찾아가 물었다.

"왜 제가 F 학점을 받아야 하죠?"

선생님이 말했다.

"이 꿈은 너 같은 환경의 아이한테는 너무나 비현실적이야. 넌 돈이 한 푼도 없는데다가 지금 여러 도시를 떠돌아다니는 형편이잖아. 넌 자원이 없어. 말 목장을 하려면 막대한 돈이 필요하다. 땅도 사야 하고, 말도 사야 하고, 종마 값도 치러야 해. 너한테는 이 모든 걸 감당할 능력이 없다."

그러면서 선생님은 덧붙였다.

"네가 좀 더 현실적인 목표를 세워 숙제를 다시 제출한다면 학점을 재고해 보겠다."

소년은 집으로 돌아가 깊이 생각했다. 소년은 아버지에게 의견을 구했다. 아버지가 말했다.

"아들아, 이것에 대해선 너만이 결정할 수 있다. 그리고 그 결정이 너에게 굉장히 중요하다고 나는 생각한다."

일주일 동안 심사숙고한 소년은 전에 냈던 숙제를 하나도 고치지 않고 그대로 제출했다.

"선생님께선 F 학점을 주세요. 전 제 꿈을 간직할 테니까요."

소년은 선생님에게 그렇게 말했다.

그 소년은 20년 뒤 25만 평의 목장 안에 세워진 백 평짜리 자신의 집에 선생님을 초대했다. 선생님이 말했다.

"난 이제 자네에게 말해야겠네. 내가 자네를 가르치는 선생이었을 때 난 꿈을 훔치는 도둑이었지. 그 시절 난 참 많은 아이들의 꿈을 훔쳤어. 다행히도 자네는 굳센 의지가 있어서 꿈을 포기하지 않았지."

누구도 당신의 꿈을 훔쳐 가게 하지 마라. 그 꿈이 무엇이든지 당신 가슴이 원하는 대로 따르라.

-잭 캔필드(Jack Canfield)의 《영혼을 위한 닭고기 수프》 중에서

내가 직장을 떠나 1인 창업을 한다고 했을 때 주변 사람들의 반응은 차가웠다. '그래. 좋은 생각이긴 한데…. 그래도 안전하게 직장을 다니지.'라는 말을 많이 들었다. 원래 자신의 꿈을 위한 무언가를 할 때는 다른 사람보다 특히 내 주변 사람들이 가장 비난과 걱정을 많이

한다고 한다. 그건 전 세계 어느 나라나 똑같은 것 같다. 성공한 사람들의 책을 많이 읽었지만, 그들도 똑같이 무언가를 시작할 때 자신의 주변 사람들이 가장 부정적이라고 했다. 하지만 한 사람이라도 자신의 뒤에서 응원하고 지지해 주는 사람이 있었기에 성공할 수 있다는 글을 참 많이 보았다. 나는 그 말에 공감했다. 나에게도 나를 믿고 내 꿈을 지지해 주고 용기를 북돋아 주는 엄마, 이모가 있었기에 언제나 힘을 내는 동기가 되어 내가 더 전진할 수 있었다.

당신이 꿈을 품고 원하는 길을 간다면 주위 사람들의 비판을 결코 피할 수 없을 것이다. 그들은 그냥 그런 역할을 하는 사람이라고 생각하면 된다. 모두의 지지를 받을 수는 없다. 모두의 지지를 받는다는 것이 오히려 더 이상할 수도 있겠다. 그렇다면 누구나 다 할 수 있는 평균적인 일일 테니까 말이다.

사람들은 자연적으로 모든 일의 부정적인 면부터 생각한다. 자기 일이 아닌 남의 일에서는 더더욱 말이다. 남의 말로 인해 자신이 진정 원하고 하고 싶은 일에 대해 흔들린다면 그건 안 하는 것이 좋다. 그만큼 간절히 자신이 원하는 일이 아닐 테니까 말이다. 남의 말로 인해 자신이 하고자 하는 일에 흔들리지 않기를 바란다.

당신 스스로를 믿으면 좋겠다. 당신은 원하는 그 무엇이든 할 수 있는 사람이다. 당신 인생의 모든 결정은 당신이 하는 것이다. 또한

'당신이 스스로 결정한 일.'이여야만 실패를 하더라도 쉽게 다시 일어날 수 있고 책임질 수 있으며 좋은 경험으로 여기고 더 나아갈 수 있다. 타인이 정한 당신의 인생을 따른다면 그게 성공하던 실패하던 당신에게는 의미가 없다. 타인에게 당신의 한계를 정하도록 두지 말기를 바란다. 당신의 인생은 당신만이 개척할 수 있다.

제 4 장

추월차선으로 꿈을 이루는 8가지 방법

dream
Dream

출근 전 2시간을 활용하라

> 한 사람이 성취하는 모든 것은 자신이 생각한 직접적인 결과이다. 자신의 생각을 고양하는 사람만이 일어나 정복하고 성취할 수 있다. 자신의 생각을 고양하기를 거부한다면, 약하고 비굴하고 비참한 상태를 벗어날 수 없다.
>
> -제임스 앨런(James Allen)의 《생각하는 대로》 중에서

나는 병원에서 근무할 때 출퇴근 거리가 2시간 정도 걸리는 곳으로 매일 출근을 해야 했다. 출퇴근길에는 버스를 한 번 타고 지하철로 환승하여 그 후로는 다행히 쭉 앉아 갈 수 있었다. 새벽 5시쯤 나와서 지하철을 타고 회사에 갈 때, 처음에는 그냥 조느라 바빴다. 저녁에도 늦게 퇴근하는 날이 많아서 항상 피곤함에 절어 있었다. 그래서 매일

아침 지하철을 타서 엉덩이를 의자에 붙이기만 하면 졸기 바빴다.

이런 일상이 매일 반복됨과 동시에 전쟁터 같은 직장, 흐릿한 미래, 내가 처한 환경 등을 생각하니 스트레스는 점점 쌓이고 무기력해져만 갔다. 일상이 지치고 모든 것들이 지긋지긋하여 그 어떤 생각도 제대로 할 수 없었다. 이대로는 안 되겠다는 생각이 들었다. 그래서 '하루에 조금씩 뭐라도 해 보자.'라는 생각으로 책을 읽기 시작했다.

사람들은 무언가 원하는 것을 찾으려는데 막막할 때, 서점에 가는 경우가 많지 않은가? 비슷한 맥락이라고 보면 되겠다. 이렇게 살다간 내 인생에 답이 보이지 않았다. 황폐해진 내 마음에 햇빛을 주고 싶다는 생각이 들었다. 그래서 출근하는 시간에 책을 읽기로 했다. 매일 아침 조는 대신 책을 읽으니 조금씩 활력이 생기기 시작했다. 졸다가 출근할 때에는 직장에 도착해서도 한동안은 잠이 덜 깨서 정신이 흐릿했었는데, 책을 읽으며 출근하는 아침은 훨씬 정신도 맑아지고 무기력한 나의 마음도 점점 활력이 생겼다.

평소에 나는 소설책을 좋아했기 때문에 내가 정말 좋아하는 작가 무라카미 하루키의 '기사단장 이야기'를 머리도 식힐 겸 읽기 시작했다. 그러다가 마음이 최대치로 힘든 시기가 왔을 때 우연히 읽게 된 데일 카네기(Dale Carnegie)의 《자기관리론》을 시작으로 비슷한 분야에서 유명한 작가들, 예를 들어 나폴레온 힐(Napoleon Hill), 오프라 윈

프리(Oprah Winfrey)의 저서 등 다양한 자기 계발서를 읽게 되었다. 어떻게 내 미래를 개척하면 잘 살 수 있을지에 관한 생각이 간절했기에 이런 동기부여 책들은 내 가슴에 더 와 닿았고, 인생에 꿈과 목표를 정할 수 있도록 나를 변화시켰다. 그렇게 재미를 붙이다 보니 어느새 내 출근길은 그 무엇보다 소중한 나만의 시간이 되었다.

출근 전 어떻게 시간을 활용하는지에 따라 그날 하루가 달라진다. 하지만 무작정하는 자기 계발은 작심삼일로 금방 지루해지거나 포기하기 쉽다. 나만의 목표를 정하고 시작한다면 동기부여와 목적의식이 생겨 더욱 열심히 시간을 보낼 수 있다. 목표는 처음부터 너무 높게 잡는 것보다는 내가 노력하면 충분히 할 수 있을 정도의 목표로 시작하는 것이 좋다.

예를 들어 '일주일에 책 한 권을 읽겠다.', '하루에 10개씩 영어문장을 완벽하게 외우겠다.' 등 실행할 때 부담스럽지 않게 말이다. 만약 무엇을 해야 할지 모르겠다면 '아침에 오늘 하루 계획과 감사 일기를 쓰겠다.' 등 소소한 것부터 시작하여 무엇이든 괜찮다. 마치 우리가 어릴 적 어른들에게 칭찬스티커를 받는 재미로 착한 일을 하듯이, 자신이 발전하는 것을 느끼는 재미로 실행해 보면 좋을 것 같다.

이것저것 나를 위한 시도를 해 보는 것이 좋다. 두 시간이 아닌 한 시간이라도 출근 전 또는 출근 중 여유를 갖고 자신을 위해 무언가를 해 본다면 당신은 이미 한 단계 더 발전한 것이다. '나'와의 약속을 스스로 정하고, 그것을 꾸준히 실천하다 보면 그에 대한 실력을 높일 수 있고, 신뢰감을 쌓을 수 있다. 이러한 신뢰감이 쌓이면 어떤 상황에서도 긍정적인 마음을 가지기 쉽고, 자신에 대한 자존감도 높아진다. 그러면 직장에서 생활하는 태도 또한 달라질 것이다.

세계적인 자동차 그룹 제너럴 모터스 CEO 대니얼 애커슨(Daniel Akerson)은 4시 30분에 일어난다. 월트 디즈니 CEO 로버트 아이거(Robert Iger)도 4시 30분에 일어난다. 스타벅스 CEO 하워드 슐츠(Howard Schultz)도 4시 30분이 기상 시간이다. 애플 CEO 팀 쿡(Tim Cook/Timothy D. Cook) 역시 새벽 4시 30분에 일어난다. 트위터 공동 창업자 잭 도시(Jack Dorsey)는 5시에 일어난다. 토리버치 회장 토리 버치(Tory Burch)와 버진그룹 회장 리처드 브랜슨(Richard Branson)은 5시 45분에 일어난다. 세상은 6시를 두 번 만나는 사람이 지배한다. 하루에는 두 번의 6시가 있다. 아침 6시와 저녁 6시이다. 해가 오를 때 일어나지 않은 사람은 하루의 해 아래 지배에 들어갈 때의 장엄한 기운을 결코 배울 수는 없다.

일단 누구든 성공하고자 한다면, 건강하고자 한다면, 아침에 일찍 일어나는 습관을 가져서 해를 맞이해야 하고, 해와 함께 공부를 시작해야 한다. 해를 보지 않고 얻은 모든 재물과 성공은 어느 날 바람처럼 사그라진다.

-스노우폭스, 짐킴홀딩스 김승호 회장의 《생각의 비밀》 중에서

'출근하기 바쁜데 그럴 시간이 어딨어.'

'글쎄…. 내가 할 수 있을까….'

사실 출근 시간에 무언가를 한다는 것 자체가 쉽지만은 않다. 하지만 머릿속에 회사 일과 사회생활에 대한 스트레스로 가득 찬 무기력한 생각만이 아닌 자기 자신을 위한 생각과 신념을 찾고 싶다면 출근 전 한 시간만이라도 일찍 일어나서 나만을 위한 시간을 가져보길 바란다.

왜 퇴근길이 아닌 출근길에 활용하는 것이 좋은지 알 것이다. 우리나라에서 직장을 다닐 때는 퇴근길에 변수가 많다. 갑자기 회식이 생길 수 있고, 너무 스트레스를 받아 퇴근하는 길에 술 한잔을 할 수도 있고, 오래간만에 친구와 약속이 생길 수도 있고, 모임이 있을 수도 있다. 그러면 자신의 도전에 대한 흐름이 깨진다. 하지만 아침은 다르다. 내가 마음만 먹는다면 충분히 일어나서 자신만의 시간을 만들 수 있다. 그리고 하루를 여유롭고, 활력있게 시작할 수 있다.

아침 출근 전 1시간 정도의 자신을 위한 시간을 통해 자기 계발을 한다면 매일 1시간이 쌓이고 쌓여 1년 뒤, 5년 뒤, 10년 뒤에 당신의 인생은 확연히 바뀌어 있을 것이다. 자신을 위한 자기 계발은 처음부터 거창하지 않아도 된다. 하나씩 소소하게 시작한다는 마음으로 부담없이 실행하는 것이 중요하다. 중간에 포기하지 않고 매일매일 조금씩 꾸준하게 할 수 있는 것이면 된다. 자신의 미래가 간절하다면 꼭 실천해 보길 바란다. 실천하기 시작한 당신은 이미 성공한 인생에 한 발짝 내디딘 것이나 마찬가지다.

똑똑한 여자는 명품이 아닌 책을 든다

"근데 그냥 직장 잡아서 안전하게 일하는 게 낫지 않아? 그냥 일하다가 결혼이나 해."

"음… 그래. 한 번 해봐."

"차라리 너 커피 좋아하니까 카페나 차려서 해 보지…."

아직도 많은 사람들은 취업해서 번듯한 직장에 다니는 것이 아닌 온라인을 통해 일을 시작한다는 것에 대해 '글쎄, 그게 되겠느냐.'라고 반응하는 사람들이 많다. 그래서 나는 내가 일을 하며 고비가 올 때 나 혼자서 중심을 잡아야 한다는 것이 쉽지만은 않았다.

사실 나도 처음에 가장 마음먹기 힘들었던 부분이 무조건 된다는

'긍정적인 사고를 갖는 것'이었다. 끊임없이 노력해도 결과가 보이지 않는 현실에 직면할 때 마다 무조건 꿈을 꾸며 노력하면 된다고 매번 마음은 먹었지만 사실 그게 마음대로 되지 않았다. 나쁜 생각을 버리고, 긍정적인 마음으로 '무조건 된다.'라는 생각을 하며 버텨야 할 상황에 정작 절망과 두려움이라는 것이 나에게 다가와 자꾸만 나의 마음을 점령했다.

부정적인 생각들이 내 마음을 파고들 때마다 나는 책을 읽었다. 책이 응급처치를 해준 샘이다. 그 효과는 아주 좋았다. 책은 축 늘어져 있는 나에게 세상에 나아갈 수 있는 용기를 북돋아 주었다. 절망과 두려움에 가득 찬 나의 마음을 토닥여 주며 다시 생각할 수 있게 해 주었다. 맞다. 나도 예전에 힘들 때는 시체처럼 아무것도 안 하고 침대에 누워서 아무런 생각 없이 좀비 영화나 보는 것으로 스트레스를 풀며 마음을 정리하곤 했다. 하지만 이런 것들은 잡다한 생각들을 잠시 잊게 해 줄 뿐, 나의 꿈을 향해 나아가게 도와줄 수는 없었다.

책은 내 인생에 답이 없다는 생각이 들 때, 스스로 답을 생각할 수 있도록, 남들의 시선에 상관없이 내가 하고 싶은 일들을 용기 내어 찾아서 할 수 있도록 도와준다. 나에게 가능성에 대한 실질적인 예를 들어 논리적으로 합당한 근거를 주고, 내가 생각지도 못한 폭 넓은생각을 할 수 있도록 도와준다. 책은 언제나 내 마음속에 수많은 질문에 대한 답을 해 준다.

만약 당신이 흘러가는 대로 의지 없는 삶을 산다면 당신은 그만큼 무의미하게 흘러가는 시간 속에서의 삶만을 살아갈 것이다. 하지만 지속적으로 책 읽는 습관을 꾸준히 들인다면 어느새 당신은 통찰력이 생겨 꿈에 대해 한층 더 깊이 생각하는 자신을 발견하게 될 것이다.

《김미경 TV》라는 유튜브에서 김미경 강사는 독서가 인생에 정말 중요한 역할을 한다고 강조했다. 자신의 생각으로 절대 할 수 없는 중요한 판단을 내려야 할 때, 그녀는 언제나 책을 읽는다. 또 한 자신 안에 재료가 풍부해지기 위해서 반드시 해야 하는 것이 서점에 가서 '책'이라는 스승을 모셔 와야 한다고 말했다. 즉 스무 권의 책은 스무 권의 스승인 셈이다. 그녀는 매일 스승님들을 향해 인사하며 대화를 한다. 그리고 노트 한 권을 두고 책을 읽은 깨달음의 한 줄을 자기만의 글로 노트에 쓴다. 예를 들어 20권의 책이 있으면 500개의 글을 쓰고 그 후 간추려 400개, 300개…. 10개가 될 때까지 줄여 쓴 후에, 마지막으로 남은 이 10개의 글은 완벽히 내 안에 들어와서 숙성된 생각이 되고, 그 생각은 자신을 움직이게 하는 열정과 힘이 된다고 한다.

이 방법은 사실 처음에 실천하기에는 조금 부담스러운 방법일 수도 있다. 아마 사람들은 십중팔구 실천하기 어렵다며 시도조차 안 할 수도 있다. 시작이 중요하다. 처음부터 많은 것들을 욕심내기 보다는 1권의 책을 읽고 50개의 나만의 글을 쓰며 10개까지 줄여나가는 등 비슷하게 자신이 실천할 수 있는 '나만의 방법'을 정해 실천하는 것이 중요할 것이다. 이런 식으로 책을 읽음으로써 자신의 인생을 돌아보고, 스스로 생각할 수 있게 된다면 이것만큼 당신에게 중요한 교훈을 주는 지혜로운 스승은 찾기 어려울 것이다. 책을 읽는 것은 시작과 꾸준함이 중요하다. 한꺼번에 많은 책을 읽으려고 하면 안 읽게 되기 쉽지만, 하루에 단 1시간이라도 조금씩 책을 읽게 되는 습관을 들인다면 1시간을 투자하는 당신의 인생에는 미래에 100억 원 이상의 가치가 분명 있을 것이다.

> '책을 읽는 것은 나를 변화시키는 가장 적극적인 행동이다. 가만히 앉아 책만 바라보는 것 같지만 책을 읽고 있는 사람들은 내면에서 끊임없이 긍정적인 생각들이 피어오른다. 이러한 생각들이 결국 성공 마인드로 이어져 나를 성공자로 만들어 준다.'
>
> -김태진 작가의 《새벽을 여는 리딩이 인생을 바꾼다》 중에서

사람들은 책을 읽으라고 권유하면 직장생활 때문에 책을 읽을 시간이 어디 있느냐고, 휴일엔 피곤한 직장 일에서 벗어나 쉬기도 바쁘다며, 책을 읽는 것이 좋다는 것을 알면서도 읽는 시도도 하지 않고 외면한다. 세상은 꿈을 꾸는 사람들에게, 변화하는 사람들에게 원하는 삶을 살 수 있는 기회를 더 많이 준다. 이 좋은 기회를 얻으려면 스스로 생각하고, 꿈을 향해 적극적으로 실천해야 한다. 나만의 꿈을 추구하고 적극적인 실천을 하는 용기는 책을 통해 생긴다. 생각해 보라. 매일 똑같은 생활만을 반복하는 직장에서 한정된 월급으로 가끔 자

신에게 주는 명품으로 생활을 위로받으며 살아가는 것과, 일을 하면서 틈틈이 책을 읽고 나만의 생각과 꿈을 키워 남을 위한 일이 아닌 나 자신을 위한 일을 하며 사는 생활 중 어떤 것이 더 똑똑한 삶을 살고 있는 것인지 말이다.

직장의 많은 사람들 안에서 생활하다 보면 나도 대부분 사람들과 똑같은 시선으로 똑같은 편견을 갖고 사람들을 보고 생각하게 된다. 그렇게 안주하게 되면 나는 사회의 편견 속에서 거기까지밖에 생각을 못 하는 사람이 되기 쉽다. 오히려 꿈을 꾸는 사람들을 불가능하다고 비웃으며 콧방귀를 뀌고 있을지도 모른다.

출근길에 책을 읽었던 시간은 나에게 굉장한 변화를 주었다. 매일 눈 뜨면 반복되는 똑같은 일상에 꿈이라곤 생각해 볼 수 없었던 생활을 하고 있던 나에게 진정으로 내가 하고 싶고, 어떤 생활을 추구하면 행복하게 살아갈 수 있는지 스스로 인생을 생각하게 되는 계기를 만들어주었다. 나는 복사본 같은 하루가 싫었고, 한정된 월급으로 불안한 미래를 생각해야 하는 상황이 싫었다. 그래서 용기 내 원하는 일을 하기로 했다. 물론 안정된 월급이 없는 지금은 내 일을 적극적으로 찾고 발전하여 나아가야 하는 상황이지만, 내 인생을 위해 열정적으로 미래를 창조하고 꿈을 꾸며 사는 지금이 아침에 눈을 뜨는 것이 지옥 같았던 과거보다 훨씬 행복하다.

하루에 더도 말고 덜도 말고 딱 1시간 자신만을 위한 시간을 갖고 책을 읽어보자. 한 번에 1시간이 아니다. 자투리 시간을 이용하는 것도 좋다. 출근 시간 30분, 점심시간 20분, 취침하기 전 30분 등…. 시간은 만들면 어떻게든 있다. 손에 스마트폰을 쥐고 있는 시간의 3분의 1 정도만 나의 미래를 위해 독서에 양보해 보자. 하루에 1시간을 읽으면 한 달, 두 달 뒤에 당신은 매 순간 긍정적인 생각들로 사고하는 날들이 점점 늘어날 것이며, 자신의 꿈에 대해서 진지하게 생각하기 시작할 것이다. 그렇게 된다면 당신은 이미 반은 성공한 것이다.

나는 언제나 침대 머리맡에, 내 가방 속에 책을 지니고 다닌다. 책과 함께하는 인생은 참 즐겁다. 힘들고 막막했던 내 마음을 꿈으로 가득 채워 세상에 용기를 낼 수 있게 도와주는 책이 있기에 오늘도 나는 꿈을 꾸며 세상에 한 걸음 더 나아간다. 나도 내가 이렇게 책을 예찬할 줄은 꿈에도 몰랐다. 가족들도 가끔 놀라 흠칫한다. 그만큼 무감각했던 나였지만 책을 읽으니 인생이 달라지기 시작했다. 이제는 책만큼 내 인생에 좋은 스승은 없다고 생각한다.

생각만 해도 가슴이 뛰는 꿈이 없는가? 자신이 무엇을 하며 살아야 할지 막막한가? 나를 위해 충고와 지혜를 줄 수 있는 멘토가 필요한가? 앞으로가 막막하다면 세상을 불평할 시간에 책을 읽어보자. 하루에 한 시간 눈 딱 감고 독서를 하는 습관을 들여 보자. 처음엔 쉽지 않을 것이다. 책을 읽기 시작한 후 30분도 안 되어 잠이 드는 순간도 많을 것이다. 하지만 포기하지 말고 계속 읽어보자. 독서에 완벽히 습관을 들이는 당신은 어느새 스스로 새로운 인생의 2막을 설계하고 있을 것이다.

새로운 경험을 두려워하지 말아라

나는 어렸을 때 굉장한 겁쟁이였다. 어머니가 나를 유치원 방학 때 2박 3일 프로그램 캠프를 보내려고 해도 뭐가 그렇게 겁이 났는지 울면서 안 간다고 떼를 써서 결국은 가지 않았다. 초등학교 때도 마찬가지였다. 엄마와 이모는 일부러 겁이 많은 나를 걸스카우트에 가입시켜 활동하게 했다. 걸스카우트에서 가는 캠프 역시 가지 않았다. 이제 생각해 보면 왜 그렇게 그런 활동들이 겁이 났는지 모르겠다. 그래서 가족들은 항상 나를 걱정했다. 다행히도 나는 중학교 이후로 커가면서 겁이 점점 없어졌다. 지금은 뭐 말할 것도 없고 말이다.

스무 살이 넘어가면서 나는 늘 새로운 경험을 하고 싶었다. 평상시 일을 할 때, 아르바이트를 할 때도 무의식적으로 경제적인 압박감에 위축되어 있었기 때문에 왠지 숨어 사는 느낌이 들어서 그게 싫었다. 그래서 일을 하지 않을 때는 최대한 나를 잃지 않으려고 쉬지 않고 무언가를 조금씩 했었다. 외국인과 영어로 대화하며 영어를 배우고 싶은데, 장기간 유학은 갈 수 없으니 대신 외국인들과 함께 참여할 수 있는 영어모임에서 활동하며 사람들과 어울리며 영어를 익혔다. 또 중국어를 배우고 싶어서 무작정 중국어 관광 통역 안내사 시험에도 뛰어들었다. 그때도 나는 중국어를 잘하지는 못했으나 최대한 중국인 친구를 위주로 사귀었다. 항상 내가 먼저 다가가는 편이었다.

사실 무언가에 적극적으로 쉽게 다가갈 수 있었던 것은 어릴 적부터 해왔던 각종 아르바이트 덕분이었는지도 모르겠다. 생활비를 벌기 위해 어릴 적부터 아르바이트를 이것저것 해왔다. 잘하기 위해 노력한 것도 있었지만 나의 가치를 높이기 위해 아니, 살아남기 위해 사람들에게 좀 더 싹싹해야 했고 내 성격에도 그게 맞았다. 여기저기 다양한 환경에 부딪히다 보니 내가 적극적으로 무언가를 해야 나에게 더 많은 기회가 주어진다는 것을 자연스레 알게 되었다. 그리고 내가 도전하는 새로운 경험들은 나의 소중한 자산이고 미래에 밑 걸음이 된다는 것 또한 알게 되었다.

내가 온라인 마케팅 일을 시작하게 된 것도, 1인 창업가, 작가, 유튜버가 되기로 마음먹은 것도 모두 다 새로운 경험을 통해 시작되었다. 모든 일은 '그냥 한번 해 보는 것' 같은 간단한 계기에서 시작된다. 좋아해서 해 보는 것, 재미있을 것 같아서 해 보는 것, 건강할 것 같아서 해 보는 것, 그냥 할 기회가 되어서 해 보는 것처럼 말이다.

우연히 뮤지컬을 보러 갔는데 뮤지컬을 보며 인생에서 처음으로 마음속 깊이 감동을 받아 뮤지컬 배우가 되기로 결심한 계기, 인도에 가서 요가 클래스를 참여하게 되었는데 요가가 너무 좋아서 요가 강사가 된 계기, 패키지여행을 중국으로 갔다가 관광 통역 안내사 언니가 너무 인상 깊어서 관광 통역 안내사가 된 계기 등 정말 우연히 새로 하는 모든 것들은 당신의 미래를 바꿔 놓을 수 있다.

대부분 우리는 자신에게 익숙하고 눈앞에 좋은 결과를 예측할 수 있는 것만 하기를 원한다. 한 치 앞도 바라볼 수 없는 미지의 세계가 있다면 '만약 갔는데 내가 잘못되면 어떡하지?'라는 생각으로 먼저 뒷걸음질을 한다. 우리가 이런 생각을 먼저 하게 되는 이유는 우리의 가정환경과 어릴 적부터 받아온 교육의 영향 때문일 수도 있겠다. 하지만 앞을 알 수 없는 미지의 세계는 언제나 내 인생의 기억에 남을 추억과 훗날 나의 선택에 영향을 준다.

내가 초등학교 때 우리 집에서 걸어서 15분 정도 거리에 뒷산이 있었다. 한창 호기심이 많을 나이라 여기저기 친구와 돌아다녔을 때였는데 어머니는 그걸 염려하시고 항상 이렇게 말씀하셨다.

"뒷산은 사람들이 별로 없어서 위험하니까 꼭 어른들과 가야 해.

절대 친구들끼리만은 가면 안 돼."

나에게는 가지 말라고 하면 더 가봐야 직성이 풀리는 성격을 가진 친구가 있었고, 나도 겁이 났지만 궁금해서 결국 함께 뒷산에 갔다. 사실 뒷산에 가는 것은 생각보다 별것 아니었다. 어른들과 함께 갈 땐 몰랐는데 친구들과 가니 평소엔 재미없던 것도 그렇게 재미있더라. 내가 초등학교 시절 기억에 남는 추억이 있다면 '엄마 몰래 친구들과 뒷산 놀러 가서 정말 재미있게 논 것' 밖에 생각이 안 날 정도였다.

나의 중고등학교 시절은 참 재미가 없었다. 학생 시절 어른들이 하지 말라는 것이 정말 많지 않은가? 그 시절 겁이 많았던 나는 하지 말라는 것은 곧이곧대로 하지 않았다. 나중에 고등학교 시절이 끝날 무렵 어떤 계기로 학교를 땡땡이를 친 적이 있었는데 그때 신세계를 알았다. '와씨, 내가 땡땡이의 짜릿함을 이제 서야 알게 되다니.'라는 생각이 절로 들었다. 몇 번 더 쳐보며 다닐걸, 뭐가 그렇게 겁이 나서 못했는지 그때의 짜릿했던 기분과 아쉬움을 결코 잊지 못한다. 내가 여태껏 경험해 보지 못했던 경험들은 언제나 잊지 못할 가장 인상 깊은 재미있는 기억으로 내 인생에 자리 잡았다.

당신은 예측 불가능한 새로운 경험을 두려워 할 필요가 없다. 새로운 경험은 당신을 해치지 않는다. 오히려 새로운 관점으로 세상을 볼 수 있다. 그리고 자신에게 미처 알지 못한 무한한 가능성이 있다는 사실 또한 알게 될 것이다.

요즘은 평생직장이란 개념이 점점 사라지고 있다. 퇴직 연령은 평균 53.9세로 점점 낮아지고 있다. 심지어 정년까지 일하기도 힘들다. 우리는 100세 시대를 살고 있다. 사람들은 제2의 청춘인 나이에도 무엇을 해야 할지 몰라 우울증에 걸리는 경우도 점점 많아지고 있다. 평생 한 회사에 자신의 인생을 다 바쳤지만, 나중에는 지금 일과 다른 어떤 일을 해야 할지 막막해하는 사람도 많아지고 있다. 우리는 자신의 미래에 언제 어느 때, 무슨 일이 일어날지 모르는 상황을 대비해, 노후를 준비해야 한다. 하루라도 젊고, 용기 있을 때, 더 많은 경험을 하고 자신의 시야를 넓혀 나가는 것이 중요하다.

그래야 내 인생에 찾아온 갑작스런 변화에 대처할 때, 선택할 수 있는 폭이 넓어진다. 그러니 하루라도 젊을 때 새로운 경험을 많이 해 보는 것이 좋다. 새로운 경험이 무엇이든 상관없다. 하고 싶은 것이 뭔지, 뭘 해야 할지 모르겠다면 여행이나 아르바이트도 좋지만 뜨개질, 꽃 가꾸기, 운동, 소모임 등 소소한 것부터 해 보는 것도 좋다. 물론 잘하지 않아도 괜찮다. 실행하는 과정에서 생각지도 못한 영감이나 깨달음을 얻을 수도 있을 것이다.

보통 간절한 사람들이 더 용기를 잘 내는 경향이 있다. 내가 원하는 것에 대한 간절함, 나의 변화에 대한 간절함 등 말이다. 물론 인생이 간절한 사람도 있지만, 딱히 간절하지 않은 사람들도 많다. 당신 인생의 모든 시간은 간절해야 한다. 왜냐면 사람의 끝은 반드시 존재하고 지금 이 시간은 다시는 돌아오지 않기 때문이다. 인생은 정말 짧다. 하루하루가 우리의 역사를 채워가는 날이다. 그 역사를 두려움으로 채우지 않기를 바란다.

해보지 않았던 새로운 경험이 두려워서 망설이고 있는 사람이 내 옆에 있다면 나는 "아, 제발 그냥 좀 해 봐."라고 말해줄 것이다. 머리로만 하는 상상 말고 몸으로 부딪치며 새로운 경험을 해 보기를 바란다. 해보지 않으면 아무것도 모른다. 경험을 하면서 새로움, 행복감, 아픔, 슬픔, 감동, 힘듦, 고통 등 많은 것들을 느껴보길 바란다. 시작은 그냥 행동으로 하면 된다. 당신의 새로운 경험은 분명 당신의 미래를 화려하게 비추어줄 디딤돌이 될 것이다.

가끔씩은 계획 없는 여행을 떠나자

"그럼 그냥 가버려?"

"그래. 그냥 가자. 이러다 평생 못 가겠다."

"숙소는?"

"평일인데 있겠지."

"아니야. 그래도 세 명이니까 딱 숙소만 정하고 가자."

"꺄! 좋아!"

사람들은 가끔씩 현실 자각 타임이 찾아온다. 엄마와 이모 그리고 내가 우리 가정에 닥친 어려움들을 수습하기 위해 백방으로 돌아다니면서 서로에게 주어진 일들을 쉼 없이 할 때였다. 문득 이모가 이런 말을 했다.

"날씨가 너무 좋다. 이렇게 날씨도 좋고 꽃도 예쁜데 하루라도 젊을 때 아름다운 것들을 봐야 하는데, 우리가 뭐 그리 부귀영화를 누려보겠다고 몇 년 동안 바람 한번 못 쐬러 갔는지."

그랬다. 몇 년간 경제적으로 힘들다 보니 우리는 바다 한번 보러 못갔다. 나, 엄마, 이모 우리 여자 셋은 어느새 하루가 다르게 늘어가는 주름들을 보면서 마음이 씁쓸해졌다. 그 모습을 보고 있자니 마음이 착잡했다. 나도 평소에는 한창 일만 하느라 친구 한 명 제대로 만날 여유가 없었을 때였다. 그래서 우리는 훅 떠나기로 결심했다.

평소에 바다를 좋아하는 나의 의견을 반영하여 우리는 동해바다로 향했다. 어떤 계획 따위는 없었다. 다만 숙소는 커다란 유리창 바로 앞에 바다가 보이는 곳으로 결정했다. 비성수기 평일이라 다행히 갈 곳은 많았다. 여행은 참 설렌다. 항상 나가면 건물, 지하철만 보다가 진한 초록색으로 물든 산기슭을 보니 삭막했던 나의 마음이 편안해졌다. 엄마와 이모도 맑은 공기를 마시며 너무 좋아했다.

숙소에 먼저 도착했다. 숙소 대문짝보다 몇 배는 더 큰 창문으로 바다가 바로 보였다. 눈앞에 보이는 새파란 바다는 우리를 환영해주는 듯 크고 웅장한 파도를 보여주었다. 그 풍경을 보고 있자니 가슴이 뻥 뚫리는 기분이었다. 나는 이 기분을 결코 잊을 수 없다. 너무 좋았다. 몇 시간 전까지만 해도 내 마음은 두려움, 불안함 등이 가득했는데 여행을 오니 그 시간만큼은 모든 것들이 깡그리 사라졌다.

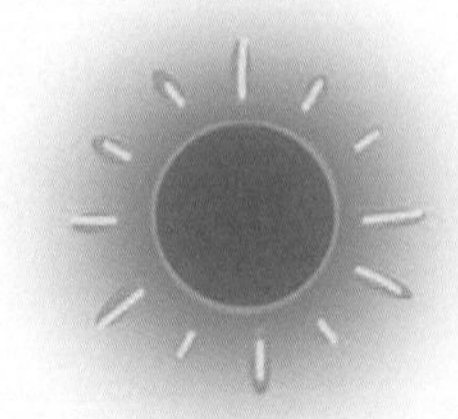

엄마께서 말씀하셨다.

"맞아. 세상엔 이렇게 아름다운 것들이 많았지. 푸른 하늘과 상쾌한 바람, 신선한 바다 냄새. 우린 이 아름다운 것들을 잊고 살았었네. 너무 좋다."

길지 않은 시간이었지만 우리 셋은 예상치 못한 여행에 마음이 정말 많이 힐링이 되었다.

우리는 오랜만에 파도치는 소리만 들리는 고요와 평화로움을 느꼈다. 행복을 만끽했다. 정말 너무 행복했다. 그때 나는 다짐했다. 앞으로 엄마와 이모와 더 많은 아름다운 것들을 함께 보리라고. 항상 이 생각이 내 마음속에 내재되어 있었다. 이 마음은 지금 나를 1인 창업을 하겠다고 결심할 때에 꽤 적지 않은 영향을 주었다.

여행은 참 좋다. 평소에 무뎌졌던 나의 마음가짐을 깨워준다. 머릿속에 자리 잡은 부정적인 생각들을 뒤로하고 조금씩 새로운 생각을 할 수 있도록 도와준다. 훗날 나에게 맞는 답을 찾을 때에도 제대로 한몫 도와준다. 여행을 다녀오면 새로운 희망을 생각하고 무엇이든 해야겠다는 의지가 생긴다.

인생과 여행은 그래서 신비롭다. 설령 우리가 원하던 것을 얻지 못하더라도 안에서 얼마든지 기쁨을 찾아내고 행복을 누리며 깊은 깨달음을 얻기 때문이다. 인간은 언제나 자기 능력보다 더 높이 희망하며, 희망했던 것보다 못한 성취에도 어느 정도는 만족하며, 그 어떤 결과에서도 결국 뭔가는 배우는 존재다.

여행하지 않는 사람은 편안한 믿음 속에서 안온하게 살아갈 수 있다. 그러나 여행을 떠난 이상, 여행자는 눈앞에 나타나는 현실에 맞춰 믿음을 바꾸게 된다. 삶이 부과하는 문제가 까다로울수록 나는 여행을 더 갈망했다. 그것은 리셋에 대한 희망이었을 것이다.

인간은 현재를 살아가지만, 머릿속은 과거와 미래에 대한 후회와 불안으로 가득하다. 아침에 일어나면 지난밤에 하지 말았어야 했던 말부터 떠오르고, 밤이 되면 다가올 미래에 대한 걱정으로 뒤척이게 된다. 풀리지 않는 삶의 난제들과 맞서기도 해야겠지만 가끔은 달아나는 것도 필요하다. 모든 여행은 끝나고 한참의 시간이 지난 후에야 그게 무엇이었는지를 알게 된다.

-김영하 작가의 《여행의 이유》 중에서

나는 이 글을 읽고 참 많이 공감했다. 사람들은 고정된 틀 안에서 매일 같은 생활을 하며 산다. 매일 같은 사람을 만나고, 똑같은 일상을 반복하며 사니 한정되어있는 비슷한 생각들을 할 수밖에 없다. 하지만 우리는 스스로 생각을 키우지 않으면 아무 생각 없이 일만 하는 '일의 노예'가 될 것이다.

이제는 생각이 경쟁력인 시대이다. 아무것도 아닌 것 같던 생각 하나가 세상을 바꿀 수 있는 귀중한 아이디어가 될 수 있는 시대이다. 남들이 생각하지 않는 자신만의 생각을 키우는 것이 중요하다. 이제는 열심히 노력만 한다고 해서 성공할 수 있는 시대는 지났다. 남다른 생각과 아이디어가 돋보이는 세상이 되었다. 이 세상에는 정해진 답이 없다. 내가 만든 생각이 곧 정답이다. 나는 무한으로 생각하고 창조할 수 있다.

하지만 아무것도 하지 않고 돌아가는 세상만을 불평하면서 산다면 우리 인생은 평생 달라질 일이 없을 것이다. 방황하거나 힘들 때일수록 새로운 환경에서 새로운 생각들을 하며 생각을 성장해 나가는 것이 중요하다. 그래야 남들보다 앞서 나갈 수 있고, 내 인생이 바뀔 수 있다.

'여행을 왜 가는 것이냐?'라고 의문을 가진다면 특별한 이유는 없다. 굳이 이유를 만들 필요도 없다. 그냥 가는 것이다. 남들이 어떻게 생각하든 상관없이 나만을 위해 새로운 환경에 떨어져 보길 바란다. 그곳이 어디든 상관없다. 하지만 이것만은 꼭 기억하자.

당신은 당신이 원하는 무엇이든 마음만 먹는다면 그 어떤 것도 할 수 있다. 어떤 것이든 생각할 수 있다. '새로운 것'에 대한 두려움만 떨쳐낸다면 그 어떤 것이든 할 수 있다. 그렇게 마음을 열고 새로운 생각들을 한다면 당신의 관점은 달라질 수 있다. 당신의 초점을 현실에 놓인 상황이 아닌 미래에 초점을 두자. 그리고 떠나자. 그 어떤 것이 당신을 바꾸어 놓을지는 아무도 모른다.

내가 가진 것으로 승부하라

당신은 무엇을 하는 것을 좋아하는가? 당신이 잘하는 것은 무엇인가? 당신은 무엇을 하면 행복한 기분이 드는가? 그 무엇이든 당신이 하는 모든 것은 이미 당신이 가지고 있는 것이고 재능이 될 수 있다. 현재 당신이 무엇을 좋아하는지 모르고, 자신이 가지고 있는 재능이 무엇인지도 모른다면 무엇이든 어떤 활동이든 해 보기를 바란다. 많은 활동들을 하며 경험해 보며 우연히 발견하는 것이 재능이다.

나는 평소에 집에 있는 것을 참 좋아한다. 완전 집순이 체질이다. 집에서 시간을 보낼 때면 뭐가 그렇게 하고 싶은 것도 많고 즐거운지 모르겠다. 언제나 행복하다. 반면 직장에서 일할 때는, 한 건물에서 일하는 동료이기도 하지만 때로는 둘도 없는 '적'이 되기도 한다.

내가 정신을 똑바로 차리고 있지 않으면 순식간에 눈 뜨고 코 베이는 상황이 오기 쉽다. 항상 살얼음판을 걷고 있는 기분이 들 때가 많다. 이런 생활은 나에게 굉장한 스트레스였다. 그렇다고 내가 직장 안에서 사회 부적응자는 아니었다. 모두와 두루두루 잘 지내는 편이었지만, 잘 지내기 위해 항상 눈치를 봐야만 했다. 그래서 내가 자유롭고 안정적으로 활동할 수 있는 집이 좋았다. 하지만 집에서도 가만히 있진 않았다.

집에서 시간을 보내는 것을 좋아하는 나는 집에서 이것저것 할 게 많았다. 책도 보고, 인터넷 서핑도 하고, 요즘 사회가 어떻게 돌아가는지 보다가 알게 된 것이 '온라인 마케팅'이었다. 직장과는 별개로 내가 집에서도 할 수 있는 일이었다. 그래서 쉽게 접할 수 있는 타이핑 아르바이트를 해 보게 되었다. 블로그나 카페 등을 통해 다른 회사 광고 글을 쓰는 일이었는데 블로그를 처음 하는 터라 많이 헤맸다. 글을 쓰기가 너무 어려웠었다. 노트북 앞에서 아무것도 못한 채로 몇 시간을 보내기도 했다. 그래도 그 자리를 버티며 어떻게든 글을 쓰려는 노력을 했다.

글 잘쓰는 법, 블로그 포스팅 잘하는 법, 마케팅 글 잘 쓰는법 등 내가 부족한 부분을 책과 인터넷을 통해 정보를 찾아 공부했다. 세상이 참 좋아져서 마음만 먹으면 알고싶은 정보들은 얼마든지 찾을 수 있었다. 일을 해보니 '마케팅'을 하는 것이 의외로 재미있었다. 내가 어떻게 글을 쓰고 사진을 적용해야 사람들이 내 글에 이끌려 유입이 되는지 연구하고 실행해 보는 것이 굉장히 매력있는 일이라는 생각이 들었다. 몇 달간은 광고 글을 쓰느라 시간 가는 줄도 모르고 밤을 꼬박 새운 적이 다반사였다.

그래도 힘들지 않았다. 내가 재미를 느끼고 열심히 하는 만큼 나의 실력은 올라갔다. 그 후 조금 더 깊게 '블로그 마케팅'을 배우고 싶었다. 마침 집 근처에 교육을 받을 수 있는 곳이 있어서 '블로그 마케팅' 교육을 듣게 되었다. 깊이 배우니 또 다른 신세계였다. 내가 마케팅에 대해서 재미를 느끼고 이렇게 열정적으로 일을 할 줄이야. 그렇게 실력을 키워 어느덧 나는 한 걸음 더 나아가 지금껏 공부한 실력을 이용해 '온라인 마케팅'을 사람들에게 교육하는 일까지 할 수 있게 되었다.

온라인에서 일하는 것이 익숙해지기 전까지 독학하고 교육을 받으며 정말 열심히 일을 익혔다. 그리고 사람들에게 컴퓨터를 통한 원격 교육을 했는데 세상에, 너무 재미있었다. 원래 나는 사람들과 소통하는 것을 좋아했다. 그래서 서비스업에서 일하는 것이 적성에 맞았다. 그렇지만 온종일 일에 얽매이는 직장은 싫었다.

온라인을 통해 사람들을 교육하는 것은 내가 잘하고 좋아하는 장점만 모아놓은 일이었다. 직장을 굳이 다니지 않아도 되고, 컴퓨터만 있다면 사람들과 소통할 수도 있고, 내가 좋아하는 글을 쓸 수도 있는 일이었다. 누군가를 교육하게 되니 나는 이 일을 더욱 깊이 알게 되었다. 자세히 기억은 나지 않지만 어딘가에서 들은 이야기가 있다.

"내가 좋아만 한다면 그건 평생 취미이지만, 내가 좋아하는 일로 인해서 돈을 벌고자 한다면 그때부터 전문가가 된다."라고 하였다.

내가 좋아하는 공간에서 이것저것 해 보다가 우연히 좋아하는 일을 발견하게 되었고 그 일로 인해 돈을 벌고자 하니 나는 어느새 모든 것을 다 아는 '완벽한 장인'까지는 아니지만, 전문가가 되고 있었다. 그러던 어느 날 '블로그 마케팅' 강의를 듣던 중 강사님이 내가 어떤 일을 하는지 아시고는 안타까워하며 이런 이야기를 하셨다.

"본인을 직접 홍보해서 내세우면 더 많은 가치와 수입을 창출할 수 있는데 왜 꼭 회사 아래서 돈을 벌어야 한다고 생각하세요? 다른 회사를 대신 광고할 생각 하지 말고 본인을 광고해 보세요. 본인을 알리는 데 힘을 쓰세요. 그것이 본인에게 훨씬 가치 있을 겁니다."

아하. 나는 이런 생각을 여태껏 하지 못했다. 항상 어딘가에 소속되어서 일할 생각만 했지 나의 능력을 직접적으로 내세워 쓸 생각을 하지 못했었다. 꽤 충격적으로 다가왔던 이 말은 내 인생의 터닝포인트가 되었다.

우리 모두 타고난 재능을 가지고 있다. 특별히 잘하는 일들이 있다.

이런 재능이 왜 주어졌을까? 그만한 이유가 있을 것이고, 혼자만 간직할 게 아니라 남에게 활용하고 나눠주어야 할 것이다. 조사에 의하면 제일 행복한 사람들은 타고난 능력을 최대한 활용하는 사람이다. 당신이 이 생에 해야 할 일은 그 능력과 가치를 최대한 많은 사람에게 나눠주는 것이다. 그러려면 크게 움직이려는 의지를 가져야 한다. 지구상의 모든 사람에게는 타고난 사명이 있다. 당신이 살고 있는 것은 그만한 이유가 있어서이다.

-하브 에커(Harv Eker)의 《백만장자의 시크릿》 중에서

나는 좋아하고 잘 할 수 있는 것을 찾았고, 그 과정에서 미래를 어떻게 살아야 할지에 대한 방향을 더 뚜렷하게 잡을 수 있었다. 그리고 지금은 그 방향으로 잘 나아가고 있다. 어느덧 내가 할 수 있는 것들을 사람들과 함께 나누며 일을 하게 되어 뿌듯하기도 하다.

사람들에게 '당신이 잘하는 것, 좋아하는 것은 무엇입니까?'라고 질문한다면 '내가 잘하는 건 XX야.'라고 자신 있게 말하는 사람은 극히 적다. '난 딱히 잘 하는 게 없는 것 같아.'라고 바로 말하는 사람들이 더 많을 것이다. 이런 사람들은 정말 자신이 가진 재능이 없다고 자신에게 한계를 두고 생각하기보다 무엇이든 사소한 것이라도 해보자. '못하겠다, 자신 없다.' 등의 못난 생각은 꽁꽁 묶어서 버려버리자. 뭐든 까짓거 해볼 수 있다는 열린 마음으로 생각하고 실행하는 것이 중요하다. 무언가를 해 보는 것만으로 지금 당장 눈에 띄게 인생이 바

뀌진 않을 것이다. 하지만 이런 실행하는 시간들이 조금씩 쌓이다 보면 인생을 바꿀 수 있는 큰 계기가 될 수 있다. 마치 내가 책을 가볍게 읽기 시작하다가 어느새 작가가 되어 책을 집필한 것처럼 말이다. 당신이 무언가를 하면 할 수록 생각했던 것보다 원하는 삶을 살 수 있는 기회는 훨씬 더 빨리 찾아온다.

당신이 앞으로 무엇을 해야 할지 미래가 막막하다면, 그것은 좋아하고 잘하는 것이 없어서가 아니다. 단지 아직 찾지 못했을 뿐이다. 당신이 살아있는 건《백만장자의 시크릿》의 저자 하브 에커의 말대로 그만한 이유가 분명히 있어서이다. 더구나 요즘은 무엇이든 재능으로 바꿀 수 있는 시대이다. 잘 먹는 것, 잘 자는 것, 집에서 노는 것, 게임 좋아하는 것 등 그 어떤 것이든 자신만의 지닌 재능은 당신에게 큰 재산이 될 수 있다.

당신은 생각보다 많은 것을 가지고 있다. 그러니 자신이 무엇을 잘하는지, 좋아하는지 차근차근히 자신을 돌아보고 뭔가를 조금씩이라도 해 보며 하고 싶은 것을 찾자. 그러면 당신이 무엇을 하고 싶은지 알게 될 것이다. 그리고 그것을 확실하게 내 것으로 만들고 발전시켜 보자. 그게 무엇이든 분명 당신 인생에서 승부 볼 만한 강력한 무기가 될 것이다. 모든 것은 당신이 발견하고 창조하기 달렸다.

하루 10분, 꿈을 상상하고 기록하라

영화배우 짐 캐리(Jim Carrey)는 어릴 적에 너무나 가난했다. 그의 아버지는 그가 어렸을 때 돌아가셨으며 어머니는 병환으로 누워계셨다. 그래서 짐 캐리는 돈을 벌기 위해 15살부터 코미디 하우스에 나가서 일하며 오랫동안 무명시절을 보냈다. 캐나다 출신인 그는 영화배우가 되려는 꿈을 가지고 미국 LA로 왔다. 하지만 너무나 가난했기에 그는 하루에 햄버거 한 개로 끼니를 때우며 한동안은 집도 없이 50달러짜리 낡은 중고차에서 자며 하루하루를 지냈다.

1990년 어느 날 그는 할리우드에서 가장 높은 언덕으로 올라갔다. 그리고 한눈에 보이는 도시들을 한참을 바라보다가 자기 자신에게 천만 달러 수표를 써서, 이미 벌어서 자신에게 지급한다는 듯이 서명

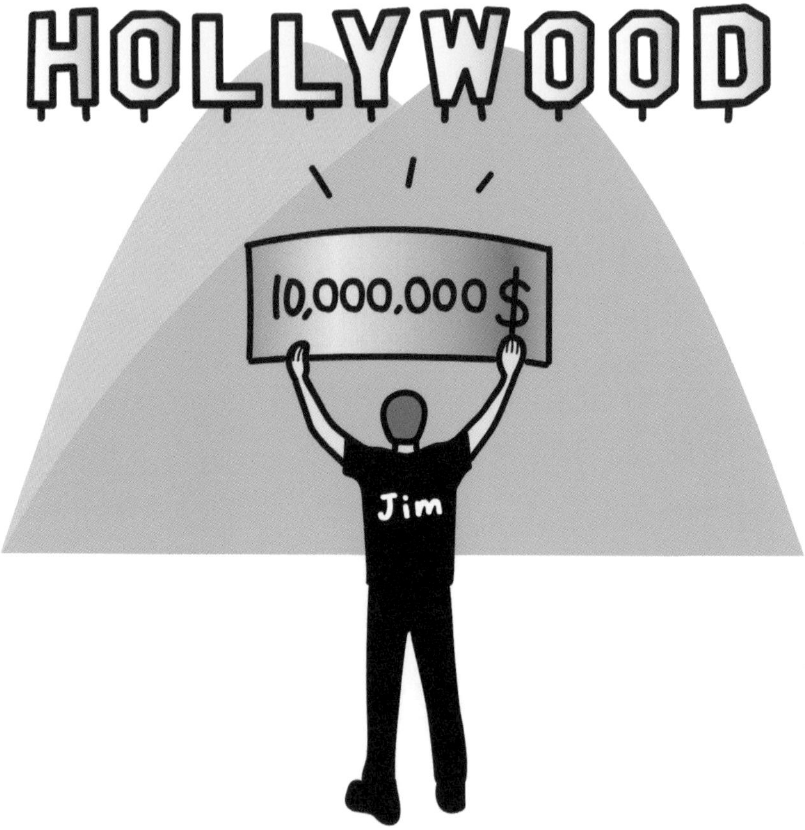
HOLLYWOOD
10,000,000 $
Jim

을 했다. 날짜는 지금으로부터 5년 뒤 1995년 추수감사절이라고 적었다. 그리고 5년간 수표를 지갑에 넣고 다녔다. 5년이 지났을 때, 그는 '덤 앤 더머'라는 영화의 출연료로 300만 달러를 받았고, 그해 연말에는 '베트맨'의 출연료로 천만 달러를 받았다. 짐 캐리는 꿈을 간절하게 꾸고 기록하고 꿈을 기록한 종이를 항상 가지고 다녔더니 그 꿈이 기적처럼 이루어졌다.

꿈을 상상하고 기록하는 것은 당신이 생각하는 것보다 훨씬 더 큰 힘이 있다. 하지만 "부자가 되게 해 주세요.", "좋은 직장에 들어가게 해 주세요." 등의 포괄적인 꿈을 적는 것은 효과가 없다. 꿈을 적을 때는 될 수 있으면 최대한 정확하고, 분명하고, 자세하게 적어야 한다. 정확한 날짜, 장소 등 마치 사진을 설명하는 듯이 자세하게 상상하고 기록할수록 효과는 더욱 커진다.

'매일 100번씩, 100일간 상상하고, 쓰고, 외쳐라.'

무일푼으로 사업을 시작하여 현재 가장 성공한 재미 한국인 CEO 중 한 명인 4천억 자산가 김승호 대표는 원하는 꿈을 상상하고 적어서 원하는 모든 것을 이룬 대표적인 인물이다. 그가 매일 100번씩 100일간 꿈을 상상하고 기록해서 성공한 이야기는 유명하다. 김승호 대표는 그의 강연에서 항상 하는 이야기가 있다.

"우리가 예전에 꿈꿔왔었지만 잊어버렸고 현재는 이루지 못한 목표, 꿈들을 하나의 문장으로 만들어라. 그리고 그 문장을 하루에 100번씩 100일 동안 써라. 100번씩 쓰는 것만으로 꿈을 이룰 수 있는 좋은 계기가 된다. 하지만 100번 쓰는 것을 하다가 설령 중간에 포기한다면 그건 아직 자신에게 절박한 꿈이 아니다. 나는 8번을 시도했고 모두 꿈을 이뤘다. 유치한 이야기 같지만 무언가를 정말 원한다면 종이에 100번씩 100일간 써보아라. 여러분들이 가지고 있는 꿈을 버리지 말아라. 쓰고 상상하라. 그럼 이룰 것이다. 나는 매번 그런 방식으로 이 모든 것을 얻었다."

"이런 건 누구나 다 하겠다.", "뻔하디 뻔한 얘기다."라고 생각하는 사람이 있을지 모르겠다. 맞다. 뻔한 이야기이다. 하지만 그 뻔한 이야기를 믿고 실천하는 사람은 정말 소수이다. 누구나 할 수 있는 일은 아니다. 하지만 간절하다면 누구나 할 수 있는, 꿈을 이루기 위해 정말 필요한 과정이다.

《영혼을 위한 닭고기 수프》의 저자 잭 캔필드(Jack Canfield)는 전 세계적으로 유명한 베스트셀러 작가이다. 그는 성공하기 전 1년에 10만 불이라는 돈을 벌고 싶었다. 어떻게 벌지도 몰랐고 계획도 없고 가능성도 전혀 없었다. 하지만 10만 불을 어떻게든 벌 것이라고 확실하게 다짐했다. 그 후로 가짜 십만 불짜리 지폐를 만들어서 천장에 붙였다. 일어나자마자 그 지폐를 먼저 보게 되었고 나의 목표를 생각했다. 그리고 눈을 감고 10만 불이 자신에게 들어왔을 때의 삶을 시각화하며 생생하게 상상했다.

처음 30일 동안에는 별일이 없었다. 좋은 아이디어도 없었고 돈을 주는 사람도 없었다. 4주 정도 지난 어느 날, 샤워하던 중 갑자기 10만 불을 벌 수 있는 아이디어가 떠올랐다. 그가 집필 중인 책이 있었는데 '40만 권의 책을 25센트에 팔면 10만 불을 벌 수 있겠다.'라는 생각이 들었다. 하지만 책을 어떻게 팔아야 할지를 몰랐다. 그는 슈퍼에서 《내셔널 인콰이어》 잡지를 보게 되었고 속으로 이렇게 생각이 들었다.
"저 잡지 구독자가 내 책을 안다면 분명 40만 권은 팔리겠군."

6주 후, 어떤 대학에서 강연을 했는데 여성이 갑자기 그의 앞으로 나타났다. 그리고 말했다.

"훌륭한 강연이었습니다. 인터뷰를 하고 싶어요."

"어디서 일하죠?"

"전 프리랜서예요. 보통《내셔널 인콰이어》 잡지에 기고하고 있죠."

그렇게 잭 캔필드의 기사가 잡지에 실리게 되었고 그의 책은 잘 팔리기 시작했다. 그해 그는 10만 불 가까이 되는 돈을 벌었고, 그다음 해에 이 전과 똑같은 '꿈을 상상하고 기록하는 시각화'하는 방법으로 100만 불을 벌었다. 그리고 현재 그는《뉴욕타임스》에서 190주 연속 베스트셀러라는 역사를 남기고, 지금까지 꿈에 관한 책을 쓰고 강연을 하며 사람들에게 꿈을 꾸고 성공하는 방법을 알리고 있다.

"원하는 것을 보세요, 할 수 있다고 믿으세요, 자격이 있다고 믿으세요. 그리고 매일 눈을 감고 몇 분 동안 원하는 것을 이미 갖고 있다고 생생하게 상상하세요. 그리고 그 기분을 느끼세요. 이미 갖고 있는 것에 감사하세요. 정말로 즐겁게 해야 합니다. 하루를 시작하면서 당신의 느낌을 우주로 방출하세요. 그리고 우주가 이루어 주리라는 걸 믿으세요." 잭 캔필드는 이것이 자신의 성공 비밀이라고 말했다.

나는 내 꿈과 목표를 이루기 위해 자기 계발 책을 정말 많이 읽어 보았다. 성공한 사람들의 공통점은 모두가 하나같이 마치 이미 이루어진 듯 생생하게 꿈을 꾸었고, 이미 목표가 이루어졌다고 생각하고 상세하게 꿈을 기록했다. 꾸준하고 간절하게 꿈과 목표를 쓴 결과, 사람들은 불가능할 것 같은 꿈들을 기적적으로 이루었다.

꿈을 이룬 듯이 상상하고 기록하면 인생이 달라진다. 내가 산 증인이라고 할 수 있겠다. 나는 원하는 꿈과 목표를 정하고부터 매일 아침 일어나 작가가 되어 내 책이 서점에 진열되어 있는 모습을, 그리고 사람들에게 강연하는 모습을 상상한다. 생생하게 상상하는 것만으로 나는 가슴이 설레고 조금은 두렵지만, 용기를 내고 행복함을 느끼며 오늘도 내 인생에 한 걸음 나아가기 위해 힘차게 하루를 시작할 수 있다.

그리고 매일 나의 꿈을 쓰면 의지가 흐려지지 않도록 상기시켜준다. 그래서 꿈에 대한 엔도르핀이 생기는 것을 느낄 수 있을 것이다. 매일매일 꿈을 상상하고 기록했던 나는 현재 작가가 되었으며, 자유롭게 내가 좋아하는 컨텐츠를 창출하며 일하는 1인 창업가이자 유튜버가 되었다. 난 내 꿈에 반 이상 왔고 하루하루 계속 성장하고 있다.

정확하게 자신의 꿈을 꾸고 목표를 정하는 것은 중요하다. 그리고 그 목표를 적는 것은 더더욱 중요하다. 왜냐하면, 꿈과 목표를 정했다고 하더라도 우리는 하루하루 살아가면서 바쁘고 힘들게 되면 목표는 희미해지게 된다. 하지만 매일 꿈에 대한 목표를 상상하고 구체적으로 적는다면 당신은 의식적으로라도 목표를 이루고자 행동하게 되고 뚜렷하게 마음에 새기며 꿈에 맞는 행동을 할 수 있다. 당신이 원하고자 하는 꿈과 목표를 정했다면 매일 10분만 투자하여 생생하게 상상하고 기록해 보자. 당신의 꿈은 이루어질 것이다.

성공을 노래하면 성공이 찾아온다

나에게 힘든 일들이 겹쳐서 일어났을 때, 눈앞이 참 캄캄했다. 해결해야 할 문제와 할 일들은 산더미였고, 또한 앞으로의 내 미래도 너무 걱정이 되었다. 그때 이모는 나에게 이렇게 말했었다.

"이럴 때일수록 긍정적으로 생각해. 일찌감치 이런 인생 경험을 겪고 나면 나중에 너에게 또 다른 어려움이 와도 어떻게 대처하고 해결해야 하는지 알 수도 있잖아? 물론 겪지 않았으면 더 좋았을 일이었겠지만 이건 분명 네 인생에 도움이 되는 아주 큰 경험이 되었을 거야. 너는 잘될 거야. 모든 일은 좋게 흘러갈 거야."

내가 힘들 땐 처음에 나에게 긍정적으로 마음을 먹으라는 말조차 듣기 싫었다. 나에게 놓인 상황들이 너무 짜증이 나고 화가 났다. 내가 처한 안 좋은 상황들을 생각하면 또 다른 나쁜 생각이 꼬리를 물고, 또 꼬리를 물어서 늪에 한 번 빠지면 나오기 쉽지 않듯이, 부정적인 생각들은 나를 쉽게 놓아주지 않았다. 그래도 나는 살아남아야 했기에, 이 고비를 넘길 수 있도록 내가 변화하기로 했다.

내 머릿속에 안 좋은 생각들이 들 때마다 틈틈이 마음속으로 말하고 실제로 거울에 비친 나 자신의 눈을 보며 말했다. '나에게 닥친 모든 일은 잘 해결될 거야. 난 잘 견딜 수 있어. 무조건 잘 된다.'라고. 모든 것들을 긍정적으로 생각하면 나에게 부족하고, 불행하다고 생각했던 불편한 감정들이 점점 수그러들었다. 긍정적인 마음을 갖고 마음을 편하게 갖으니 상황들이 좋은 방향으로 술술 풀려갔다.

부정적인 생각이 들려고 할 때마다 '아니야. 난 충분히 가치 있는 사람이야. 나에게 헤쳐나가지 못할 고비란 없어. 이딴 거쯤이야 내가 다 이겨버릴 거야!'라는 생각을 안 좋은 생각이 없어질 때까지 계속 말했다. 나뿐만 아니라 이모, 엄마, 나 우리 가족들 모두 참 힘든 시간을 보내야 했었지만 살아가기 위해 어떻게든 희망을 찾기 위해 외쳤다. "모든 일은 잘 풀린다! 나는 운이 좋은 사람입니다! 감사합니다!" 하루에도 수없이 부정적인 생각이 들 때마다 외쳤다. 이렇게 말하며 견디고 있으면 정말 긍정적인 소식들이 들려왔다.

자기계발서를 읽다보면 이런 내용들이 정말 많이 나온다. '우주는 당신의 중심에서 돈다.', '당신에게 어려운 상황이 왔을 때, 부정적인 것들에 초점을 맞춘다면 주변의 부정적인 것들을 당신이 끌어당기는 것이다. 하지만 당신이 긍정적인 것들에 초점을 맞추고, 원하는 일에 대해서만 초점을 맞춘다면 우주는 어떤 방법으로든 당신이 원하는 것들을 이룰 수 있게 해 준다.', '앞으로 나아갈 것들에 대해, 내가 소망하는 것들에 대해 이루어지는 생각, 기분 좋은 생각을 하면 원하는 것들이 이루어진다.' 등 성공한 사람들의 자서전과 자기 계발서에 정말 많이 나온 내용이다. 이것이 '끌어당김의 법칙'이다. 나는 자기 계발서에서 자주 나오는 '끌어당김의 법칙'이라는 것을 믿지 않았다. 오히려 비현실적인 이야기라고 생각했다.

하지만 내가 살아온 인생을 생각해 보면 내가 간절히 원하는 것들을 말로 반복해서 말하고 마음속으로 간절하게 노래나 주문 외우듯이 외쳤던 것들은 결국에는 모두 다 이루어졌다. 그 과정에서 겪는 힘든 시간들은 원하는 소망들이 이뤄지기 위한 과정일 뿐이지 결과적으로 실패는 없었다. 사실 여태껏 나의 소원이나 소망들은 거창한 것들은 아니었다. 고통스러운 모든 일들이 잘 해결되고 쫓기는 삶에서 벗어나는 것, 내가 도전하는 소소한 목표를 이루는 것 등이었다. 하지만 나의 이러한 소망들은 현실적으로 생각하면 이루기 어려운 소원들이 많았다. 하지만 긍정과 성공을 간절하게 노래하며 견디다 보니 지금까지 내가 원했던 것들이 거의 다 이루어졌다.

나는 성공을 하는 것도 간절하게 노래하면 반드시 이루어진다고 생각한다. 물론 사람마다 성공의 기준은 다르다. 그중 경제적인 성공을 원하는 사람이 많겠지만, 어느 쪽이든 성공을 간절하게 노래하면 자신이 원하는 쪽으로 가게 되어있다. 나의 새로운 소망은 컴퓨터 하나만으로 시간과 장소에 얽매이지 않고 자유롭게 일을 할 수 있고, 내가 좋아하는 일을 하면서 먹고사는 걱정 없이 돈을 버는 것이었다.

내가 원하는 것과 관련된 것들에 대해 항상 간절하게 생각하고 소망하며 노래 불러왔다. 노래라고 해서 정말 음을 넣어서 노래를 부르는 것으로 생각하는 분들이 계실지도 모르겠다. 내가 여기서 말하는 노래는 반복적으로 내가 원하는 것들을 말로 하는 것이다. 말로 직접 '나는 시간과 장소에 자유롭게 좋아하는 일을 하며 살 거야.'라고 스스로 말하고 소망하는 것을 말하는 것이다. 이렇게 소망한 지 얼마 되지 않아 현재 내가 하는 대부분의 일을 노트북만 있으면 어디서든 할 수 있게 되었다. 그래서 나는 일을 할 때마다 신이 난다. 머리를 써야 하는 일이 많아도, 가끔씩 많은 양의 일을 소화해야 할 때도 억지로 하지 않고 즐겁게 할 수 있다. 내가 소망하고 생각하는 성공에 반 이상 온 것이다. 그리고 끊임없이 성장하고 있다.

사람들은 꿈과 성공에 대해 비현실적이라고 생각하거나, 아니면 생각조차 하지 않는 경우가 많다. 원하는 것들을 간절하게 생각하고 말하며 찾는다면 분명 당신이 원하는 것들을 이루는 쪽으로 상황이 만들어질 것이다. 하늘은 예상치 못한 청천벽력 같은 상황도 주시지만 말도 안 되는 기적 같은 상황도 함께 주신다. 물론 현실성이 없는 말도 안 되는 일이라고 생각할지도 모르겠다. 믿고 안 믿고, 실천을 하고 안 하고는 본인의 선택이다. 하지만 생각하지 않고 실행하지 않는 자에게는 무언가를 이룰 수 있는 기회조차도 주어지지 않는다.

당신이 진정으로 원하는 소망이나 꿈이 있다면 간절하게 노래해 보길 바란다. 나의 실질적인 경험을 참고했을 때, 당신이 명확한 꿈과 성공에 대해 노래하면 모든 성공 에너지들이 당신에게 서서히 모여들 것이다. 당신의 인생은 당신이 정하고 무엇이든 창조할 수 있다. 결코, 눈에 보이는 것들만이 다가 아니라는 것을 믿어보길 바란다. 확실한 것은 하늘은 늘 간절하게 무언가를 갈구하는 사람의 편이라는 것이다.

제 5 장

꿈이 있는 사람은 아름답다

BOOK

내가 할 수 있으면 당신 또한 할 수 있다

"He can do, She can do, Why not me?"

그도 하고, 그녀도 하는데 나라고 왜 못하겠나?

-TYK그룹 김태연 회장

'어떻게 이 난관을 잘 헤쳐나갈 수 있을까. 아무것도 모르는 내가 무엇을 해야 할까?'

문제를 어떻게든 풀어내야 하는 막막함 속에서 내가 할 수 있는 것은 먼저 인터넷을 통해 알아보는 것이었다. 그때 나는 채무에 대해서 아는 것이 너무 없었다. 그래서 최대한 많은 정보를 모으는 것이 급선

무였다. 다양한 방면으로 알아보던 중 나는 정부에서 도움받을 수 있는 제도들이 있다는 것을 알게 되었다. 인터넷검색으로는 한계가 있었기에 여러 곳의 법률사무소를 찾아다니며 상담을 했다. 하지만 전문가도 다 같은 전문가가 아니었다. 어떤 사람을 만나느냐에 따라 일의 진행이 순조롭게 풀리기도 했지만 오히려 더 꼬이기도 했다. 그래서 내 일인만큼 먼저 회생, 파산제도에 대해 기본적인 지식이나 정보를 알고 상담을 해야 유능한 법률사무소인지 판단할 수 있는 능력이 생긴다는 것을 몇 번의 시행착오를 겪으며 알게 되었다. 불안한 상황에서 편안하고 믿음을 줄 수 있는 법률사무소가 있는 반면 확신을 주지 않고 더 혼란스럽게 하는 곳도 있었다. 많은 우여곡절 끝에 파산을 무사히 마무리 할 수 있었다.

인생에서 풀어야 했던 굵직한 일들을 통해 크게 얻은 깨달음이 있다. 모든 일에는 반드시 길이 있다. 절대 불가능 할 것 같은 일이라도 마음만 먹으면 해결 못 할 일 없고, 할 수 없는 일은 없다. 내가 무조건 안될 것 같아 시작조차 하기 싫었던 일들도 '할 수 있다.'는 마음을 먹고 행동한다면 반드시 해 낼 수 있다. 이 사실을 알게 된 후, 나는 새로운 마음으로 인생을 살 수 있었다. 무엇이든 하는 일에 용기를 낼 수 있게 되었다. 모든 걸 할 수 있다는 자신감이 생겼다.

"우와. 부럽다. 나도 저렇게 되고 싶다."

예전에 나는 항상 누군가를 부러워만 해왔다. 꿈을 이루고 행복해하는 사람들을 부러워했고, 원하는 일을 하며 즐기는 사람들을 부러워했다. 내가 바라는 삶을 다른 사람은 이미 살고 있는 모습을 보며 부러워만 했다. 그런데 이제는 그런 사람들을 부러워만 하지 않는다. 그들을 롤 모델로 삼고, 배울 수 있는 것들을 가장 먼저 찾아 배우며, 나도 할 수 있을 것이라는 확신을 갖고 꿈을 위해 실행한다.

나는 내가 원하고 목표한 일이라면 반드시 해내리라 믿는다. 그리고 차근차근 목표를 이루고 있다. 1인 창업과 유튜브를 통해 내가 원하는 일들을 더 다양하게 창조할 수 있게 되었고, 책을 출판해야겠다고 마음먹으니 어느덧 출판 날을 앞두고 있으며, 예전보다 몸과 마음이 풍요로운 삶을 살고 있다. 그리고 앞으로도 내가 선망하는 롤 모델들을 보며 지속적으로 배우고 발전할 것이다.

몇 년 전까지만해도 나는 모든 것이 내 처지에서는 불가능하다고만 생각했었다. 잘 나가는 사람들을 보면서 나는 절대로 저 사람들처럼 할 수 없을 것이라는 생각에 무기력해지고 질투도 나며 화가 났다. 내가 처한 처지와 세상 탓만 하며 입에 불만을 한가득 안고 살았다. 알고보니 나는 이러한 부정적인 생각들 때문에 불행을 벗어나지 못하고 있었다. 하지만 지금은 관점을 달리하고 생각한다.

"저 사람은 어떤 식으로 사업을 운영하는 걸까? 왜 사람들이 저 사람에게 열광하지?"

내가 가장 닮고 싶은 롤 모델들을 긍정적인 마음으로 선망하며 연구한다. 이런 마음가짐들은 나를 훨씬 빠르게 성장할 수 있도록 도와준다. '나도 충분히 할 수 있다!'라는 마음가짐의 한 끝 차이는 사람의 인생을 변화시킬 수 있는 큰 힘이 있다. 당신의 인생을 변화하고 싶다면 마음가짐을 바꿔보자.

1946년 어느 날, 장군감 사내아이를 기다리던 식구들은 여자아이가 태어나자마자 이내 실망을 하고 만다. 할머니는 끓이던 미역국을 내던졌고, 어머니는 일부러 젖을 물리지 않았으며 가족들은 통곡 했다. 태어나자마자 차가운 냉대를 받아야 했던 여자아이는 훗날 실리콘밸리의 큰 신화를 이룬다. TYK그룹 김태연 회장의 이야기이다. 22살에 미국으로 이민을 떠난 그녀는 인종차별, 남녀차별 등을 받았으며 결혼을 하고 나서 시댁 식구들에게도 동양인이라며 환영받지 못했고, 유산이라는 아픔을 2번이나 겪으며 결국 이혼을 하고 만다.

그 후 그녀는 식당에서 접시를 닦고, 호텔 청소 등 먹고 살기 위해 온갖 일을 도맡아 하며 살았다. 청소 일을 하며 곰팡이를 닦다 생각난 아이디어로 지금의 TYK그룹을 있게 해준 '라이트 하우스*Light House*'를 창업한다. 라이트 하우스는 건물의 청결을 관리하는 시스템을 만드는 회사다. 그녀는 차별, 핍박을 당하며 수많은 허드렛일을 하면서도 그녀의 마음 속엔 언제나 꿈을 이룰 수 있다는 확신이 있었다. "He can do, She can do, Why not me?" 그녀가 늘 마음에 품고 있는 대표 슬로건이다.

"저 사람도 하는데 내가 못할 건 뭐야?"
"저 사람은 가지고 있는데 내가 못 가질 건 뭐야?"
"나도 할 수 있어! 해낼 수 있어!"
"나에게 닥친 일 중 내가 해결 못 할 일은 없어."

나는 이제 모든 것을 먼저 긍정적으로 받아들이고 생각한다. 그럼 자신감이 생기며, 훨씬 과감하게 도전할 수 있다. 이런 마음으로 끊임없이 도전할 때 희망이 되는 기회들이 항상 나에게 온다. 당신도 이 기회들을 잡을 수 있다.

꿈을 이루고 싶은 당신. 당신이 해내지 못할 일은 없다. 꿈을 품고 목표를 정해 포기하지 않고 하나하나 이뤄나간다면 무엇이든 해낼 수 있다. 쟤도 하고, 나도 하는데, 당신이라고 못 할리 없지 않은가. 지금 바로 3번 크게 외쳐보자. "까짓거 나도 할 수 있다!"

위기 속, 내 직업은 기회가 되었다

"무슨 일을 하세요? 직업이 뭐예요?"

나는 직업을 바꾸고 나서 이런 질문을 받을 때 내 직업을 한마디로 정의하지 못해서 가끔 난감할 때가 있었다. 1인 창업가로서 나의 지식을 인터넷을 통해 누군가에게 가르치는 일도 하고, 마케터 일도 하며, 유튜버를 하는 크리에이터이자, 글을 쓰는 작가이기도 하다. 그리고 앞으로 더 다양한 일을 준비 중이다. 이런 일들을 한마디로 정의하기가 애매했다. 그래서 그냥 프리랜서로 대부분 온라인을 통해 일을 한다고 하면, 그때까지도 온라인으로만 하는 일을 사람들이 신기해 하면서도 낯설어 하는 반응들이 많았다. 그런데 얼마 뒤 코로나가 닥쳐오면서 사회가 급하게 변하기 시작했다. 직장에 다녔던 사람들은 대부분 집에서 재택업무를 봐야하고, 인터넷을 통해 화상회의하고, 학교에 등교하지 못하는 아이들은 온라인 강의를 듣는다. 이제는 사람들이 오프라인이 아닌 온라인이 익숙해지는 시대가 온 것이다.

나는 몇 년 직장을 다니며 출근 시간에 책을 읽을 때부터 생각해 왔었다. 4차 산업혁명은 아직 육안으로 크게 보이진 않지만 우리도 모르게 세상이 빠르게 변해가고 있는데 나는 지금 이대로도 괜찮을까? 내 미래를 다시 생각해 보게 되었다. 직장을 다닐 적, 내가 하는 일에 적응하고 보니 남들이 생각하기에 '안정적인 직장'에 속했지만, 안정감이 있다는 만족감만으로 생각하기에 미래를 생각하니 내 미래가 잘 보이지 않았다.

그래서 실질적으로 나에 대해 생각해 보았다. 나는 서비스 관련된 일을 잘하는 편이다. 상황에 맞는 어느 정도의 융통성도 있으며 눈치도 빠른 편이고 무엇보다 사람들과 소통하는 것을 좋아한다. 내가 제공하는 서비스로 인해 고객이 기뻐하는 모습을 보면 참 기분이 좋았다. 그래서 여태껏 서비스 관련 직종에서 대부분 일을 했었다. 하지만 이제는 회사를 통해서 제공하는 서비스가 아닌 온라인을 통해 나를 대표로 내세워 서비스를 제공하는 일을 하고 싶었다. 그리고 더 많은 시간을 나를 위해 쓰고 싶었다. 그래서 내가 원하는 것이 무엇인지 생각해 보면서 어떤 일을 하는 것이 좋을까에 초점을 두고 이것저것 해보다 알게 된 것이 1인 창업이었다.

1인 창업은 온오프라인에서 폭 넓은 활동을 하며, 내가 원하는 대로 내가 경험한 것, 알고 있는 것을 사람들에게 교육하며 소통할 수 있다. 또한 시간과 장소를 비교적 자유롭게 컨트롤 할 수 있으며, 무엇보다 온라인을 통해 내가 하고 싶은 컨텐츠들을 자유롭게 발전시킬 수 있다는 점이 큰 장점이다. 디지털을 활용할 수 있는 미래지향적인 일이며, 퇴직 걱정 없는 평생직장이기도 하다. 그렇게 생각하니 정말 가슴이 설레었다. 내 인생이라는 흰 도화지에 그림을 그리고 색을 입혀 완성을 시켜야 하는 과정에서 나는 드디어 '그림을 그릴 수 있겠다.'라는 용기가 생겼다. 이런 생각으로 그 당시 조금은 무모한 용기를 내었었는데 지금 보니 정말 탁월한 선택이었다.

내가 만약 원래 있던 서비스 관련 직장에 계속 다녔더라면, 현재 나는 걱정이 정말 많았을 것 같다. 미래가 불투명하고, 언제 사직당할지 걱정하고 불안해하며 많이 혼란스러웠을 것이다. 그런데 다행히 위기가 지금 내가 하고 있는 일의 기회가 되었다.

> 시대에 따라 먹고살 수 있는 직업은 바뀝니다. 현재에 대한 만족만큼이나 미래에 대한 준비도 필요해요. 변화의 파도를 일으키거나 그렇지 못하겠다면 적어도 올라탈 수 있도록 준비하면 좋겠어요. 오늘의 만족만 바라보고 살기에는 직업 세계가 너무나 빠르게 변화하고 있어요. 나의 특성에만 초점을 맞추기보다는 큰 사회적 흐름을 살피면서 그에 맞춰서 신기술, 정보를 습득해야 살아남을 수 있습니다. 진

로 상담에서는 개인의 선호, 강점 등 개인에게 맞춰서 일자리를 찾지만, 이제는 개인의 특성 외에도 개인이 가진 여건과 직업의 환경에서 요구하는 경험을 할 필요가 있어요. 웹툰 작가, 사물 인터넷 개발자 등 신생 직업이 많이 생겼어요. 현재 눈앞에 있는 일자리가 지속적으로 성장한다는 보장은 없어요.

-상담사이자 작가 김영숙의 《내게 맞는 일을 하고 싶어》 중에서

너무나 맞는 사실이다. 세상은 달라졌다. 예전에는 교사, 약사, 판사 등의 일명 '사' 자가 들어가는 직업들을 사람들이 무조건 인정해주었다. 하지만 지금은 이야기가 다르다. 최근에 발생한 코로나 사태로 인해 세상은 지금과는 달리 상상치 못하게 더욱 빨리 변해가고 있다. 사실 내가 이 책을 집필하기 시작할 때만 해도 이 정도는 아니었다. 몇 개월 사이 우리는 전혀 다른 삶을 살고 있다.

언택트(Untect)라고 들어보았을 것이다. 말 그대로 사람과 사람이 직접적으로 접촉하지 않는다는 뜻이다. 서비스를 제공하거나 상품을 판매할 때, 제공 과정에서 인공지능, 무인기술등의 첨단 기술과 기계의 도움으로 사람과 직접적인 대면 없이 재화와 서비스가 제공되는 상황을 지칭하는 용어이다. 앞으로는 평생 마스크 없이 편하게 사람들과 생활하는 세상은 오지 않는다고 한다. 우리는 이 혼란과 위기 속에서 새로운 세상을 맞이할 준비를 해야한다.

HOTEL
어-서-오-세-요
CHECK IN

슈웅~
DIGNITY

1인 창업가는 온라인을 통해 미래지향적인 여러 가지 일들을 할 수 있다. 책, 블로그, SNS, 유튜브, 카페 등을 통해 내가 가진 지식을 사람들에게 교육하며, 4차 산업을 대비할 수 있는 많은 것들을 공부할 수 있다. 앞으로도 1인 창업가로서 미래를 대비할 수 있는 정보들을 많이 공부하고 사람들에게 교육할 것이다. 그래서 나는 이미 교육하고 있는 디지털 관련 분야 뿐만 아니라 갑작스러운 시대 변화에 혼란과 불안을 겪는 사람들을 상담하는 철학 분야도 접목하여 공부 중이다.

현재 나는 인생의 제2막에 들어섰다. 매일을 시작하는 오늘은 내가 발돋움 할 수 있는 소중한 기회이다. 내 미래를 얼마든지 설계하고 발전시킬 수 있다. 나에게 한계란 없다. 물론아직은 안정적이지 않은 프리랜서이기 때문에 모든 것들을 내가 스스로 발견하고 성장해 나가야 한다. 나의 새로운 도전은 나를 설레게 하지만 때로는 조금은 두렵기도 하다. 하지만 현재 나는 나로서 존재한다.

상상만으로 설레고 엔도르핀 돋는 꿈이 있고 미래가 있다. 나는 지금 꿈꿔온 미래를 실제로 만들어가는 중이다. 이것은 내 인생 처음으로 경험해 보는 느낌이다. 요즘은 지금껏 살아온 어떤 시간보다 더욱 인생을 열정적으로 보내고 있다. 지금은 당신의 위기가 아니다. 오히려 얼마든지 성공할 수 있는 기회이다. 더 많은 새로운 기회들이 당신을 기다리고 있다. 신속하게 현실을 직시하고 더 큰 꿈을 꾸자. 당신은 반드시 이겨낼 것이다.

끊임없는 자기 계발이 나를 성장시킨다

"끊임없는 자기 계발과 혁신만이 변화의 시대에 살아남을 수 있는 유일한 대안입니다. 시간이 부족하다는 것은 결코 이유가 될 수 없습니다. 저의 계산을 잘 들어보세요. 매일 아침 30분만 일찍 일어날 수 있다면 당신의 꿈이 어떤 것이든 이루어 낼 수 있습니다. 주일을 제외하고도 하루에 30분씩 1주일이면 180분, 즉 3시간을 확보할 수 있죠. 주당 근로 시간 40시간을 본다면 정확하게 4주, 즉 한 달의 총 근무시간과 동일한 새로운 나만의 시간을 창출해내는 것입니다. 이 시간을 활용해 당신의 부가가치를 높이세요."

-메리케이 CEO 메리 케이 애시(Mary Kay Ash)

사실 나는 공부하라는 말을 별로 좋아하지 않는다. 내가 공부를 그렇게 좋아하진 않기 때문이다. 몇 달 전 이 원고를 집필 중에도 처음엔 공부를 강력하게 이야기하진 않았다. 독자들이 부담스러워 할 수도 있다는 생각이 들었기 때문이다. 그렇지만 지금은 아니다. 그 사이 급변화 한 이 시대는 지금 공부하지 않으면 나중에 살아남기 힘든 상황이 오기 때문에 강력하게 공부를 권한다. 공부라고 해서 수학 공부, 자격증 공부를 말하는 것이 아니라는 것은 눈치 챘을 것이다.

앞으로 어떻게 살아야 하는지, 무슨 일을 해야 하는지, 좋아하는 일을 어떻게 미래 지향적으로 발전시켜 세상과 원활하게 소통하며 살아갈 수 있는 지에 대한 공부가 굉장히 중요하다. 대부분의 사람들은 편한 것을 좋아한다. 그래서 이미 정해져 있는 주입식 공부로 좋은 대학을 가서 안정적인 직장에 취직하면 그럭저럭 생활할 수는 있었다. 하지만 지금은 아니다. 이제는 일류대학, 학벌, 유학의 비중이 점점 줄어들고 있다. 앞으로는 세상에 오프라인 학교는 없어지고 모든 것은 디지털화 될 것이다. 이것을 받아들이기가 어렵고 불편하다고 고집부리며 편한 길로 간다고 해서 피할 수 있는 일이 아니다. 지금 현재에 안주하면 훗날 로봇에 밀려 살아남을 수 없게 된다. 이것은 사실 훗날이 아니라 완전 코앞으로 다가온 상황이다.

많은 이들이 지금 대학 갈 걱정하고, 취직을 할 걱정, 위태로운 직장에서 언제 사직이 될지 불안해 하고 있을 때이다. 그런데 현재 그런 걱정은 적절하지 않다. 새로운 것을 받아들이고 무엇이든 창조해야 할 시기이다. 그래서 우리는 책을 읽고, 시대의 흐름을 파악하고 스스로 사고하여 본인이 잘 할 수 있는 일, 좋아하는 일이 무엇인지 생각하고 미래에 그 일들을 어떻게 접목시켜서 발전시켜야 하는지 연구하고 빠르게 도전할 생각을 해야한다. '무언가를 해야 한다.'라는 말 자체가 불편할 수도 있다. 사람은 자연적으로 변화를 거부하는 습성이 있기 때문에 우선 편하지 않은 것, 익숙하지 않은 것을 받아들이기를 불편해 할 수 있다. 그렇더라도 꼭 이 이야기를 간과하지 않았으면 좋겠다.

앞으로 많은 기업들은 학벌위주가 아닌 디지털화 되고있는 세상에 대비할 수 있는 인재들을 채용할 것이며, 본인 뿐만 아니라 부모님, 할머니, 할아버지까지 앞으로 살아갈 날이 있는 모두가 디지털 공부를 기본적으로 해야한다. 미리 공부하면 미래를 대비할 수 있지만 무방비 상태로 있는다면 남은 인생을 로봇의 노예가 되어 살게 될 지도 모른다. 이 것은 겁주려는 이야기가 아니라 정말이다.

그럼 우리는 어떻게 공부할 수 있을까? 본인이 마음만 먹는다면 공부할 수 있는 정보들은 인터넷에 차고 넘치게 있다. 몇 번의 손가락 움직임에 세상을 알 수 있다. 이것도 좋은 방법이긴 하지만 내 경우는 책을 통해 시야를 넓히고 생각하는 편이다.

원래 나는 출간한 지 꽤 오래된 책들을 즐겨 읽었었다. 그런데 내가 좋아하는 이지성 작가님의《에이트》라는 책을 작년에 읽고 현실을 더 직시하게 되면서 최근 빠르게 출간되는 미래를 준비할 수 있는 책들도 챙겨보고 있다. 오히려 인터넷보다 책을 읽는 것이 더 쉽게 공부하는 방법일 수 있겠다. 책을 한 권 정해 틈틈이 읽는 것으로 더 빠르게 정보를 이해하고 습득할 수 있다. 내 경우는 그랬다. 책이 지루할 때면 틈틈이 유튜브를 보기도 했다. 유튜브 또한 최신정보, 우리가 실행할 수 있는 실용적인 정보들이 가득하다.

꼭 책을 들고 다니면서 읽는다고 생각하지 않아도 된다. 실제로 읽는 종이책도 좋지만, 요즘은 오디오북, 전자 북도 많이 있으니 핸드폰만 있으면 책을 얼마든지 쉽게 접할 수 있다. 틈틈이 10분, 20분, 자기 전 꾸준히 하는 것이 중요하다. 자기 계발을 하면서 내가 세상을 바라보는 시야가 넓어지고, 생각도 달라지는 자신을 발견할 수 있을 것이다. 별거 아니라고 지나쳤던 시간들을 야무지게 활용한다면 당신 인생은 크게 변화할 것이다. 그리고 앞으로를 막막해 하지 않을 것이다. 힘들어도 어떻게 나아가야 하는지 알게 될 것이다.

사람들은 안정된 직장에서 복지혜택을 받으며 평화롭게 직장생활을 하며 살기를 바라고 추구한다. 맞다. 안정된 직장에 입사해서 가정을 꾸리고 이런저런 걱정 없이 사는 것이 얼마나 좋은가. 과거의 우리나라는 번듯한 직장에 입사해서 직장 하나만으로 몇십 년 동안 복지혜택 받으면서 먹고살 걱정 없었던 시기가 있었다. 지금은 거의 불가능하다는 것을 알고 있을 것이다. 이제는 한 직장에서 노후를 대비하는 시대는 지나갔다.

평생직장은 존재하지 않는다. 자기 계발을 하며 공부 하는 당신은 자신이 다니는 직장을 그만두게 되었을 때 무엇을 해야 할지 헤매지 않도록 도와줄 것이다. 자기 계발은 자신이 좋아하는 것이 무엇인지, 원하는 것이 무엇인지, 무엇을 중요하게 생각해야 하는지 끊임없이 생각하며 '나'를 찾을 수 있도록 도와준다. 끊임없이 자기 계발을 하며 시간을 헛되지 않게 쓰는 사람에게는 분명 큰 도약을 할 기회가 주어질 것이다.

세상에 자신을 위한 기회는 얼마든지 찾아온다. 그 기회는 언젠지, 어떤 길을 통해 오는지는 알 수 없다. 하지만 기억했으면 좋겠다. 세상은 당신이 알고 있는 것만이 다가 아니라는 것을. 하늘은 무엇이든 받아들일 수 있는 마음이 열린 사람에게 기회를 준다. 무엇이든 찾아내고 스스로 자신을 위해 노력하는 사람에게 기회를 준다. 그리고 그 기회는 반드시 찾아올 것이다. 그러니 인생을 변화하고 싶다면 자신이 좋아하는 것, 하고 싶은 것 등 '나'를 위해 무엇이든 해보자. 자기 계발을 통해 당신 안에 숨어있는 '나'를 찾아보자.

일터를 놀이터로 만들어라

뉴욕에 사는 24살의 한 청년이 있었다. 그의 이름은 커티스 라슨, 프로그래머다. 그는 매일 아침 자신이 사는 아파트에서 나와 전통적인 사무업무를 하기 위해 출근을 한다. 그리고 퇴근 시간까지 자리 잡고 종일 일하면서 상사가 시키는 일을 한다. 가끔씩 재미있는 일이 없을까 싶어 한 프로젝트를 회사에 제안하면 층층이 있는 결제라인으로 소식은 함흥차사이다. 언제 될지도 모른다. 직장에서 자신이 하는 일에 대해 성취감도 없고 너무 지루하고 재미가 없었다. 자유도 없고 유연성도 떨어진다는 생각이 점점 들기 시작했다. 이런 직장생활이 괜히 시간 낭비만 하는 것 같아서 너무 하기가 싫었다.

그는 자기 계발을 하면서 멋지게 하루하루를 살고 싶었으나 직장은 자신을 멋지게 만들어주지 못했다. 9시에 회사에 출근해서 5시에 끝나고 그 안에서 '1년이 지나건, 2년이 지나건 나는 여기서 제대로 성장하지 못하겠구나.'라는 생각을 하게 되었다.

"뭔가 재미있게 일 할수 있는 방법이 없을까?"

커티스는 직장을 다니면서 출근 전과 출근 후에 스타벅스에 들러 자신이 실력을 발휘할 수 있는 스타트업을 물색했다. 그러던 중 좀 특이한 회사가 그의 눈에 띄게 되었다. 회사의 웹사이트에는 이런 문구가 쓰여 있었다. "노동의 본질이 바뀌고 있습니다. 앞으로는 기업에서 원격지의 능력자를 활용할 것입니다. 우리는 전 세계인이 참여하는 엔지니어링 팀을 만들고 있습니다. 우리에게 힘을 보태 주세요."

알고 보니 이 회사는 직원을 뽑는 것이 아니었다. 온라인상에서 엔지니어링 팀을 만들겠다는 회사였다. 즉, 전 세계에서 원격지원으로 일을 할 수 있는 사람을 찾겠다는 것이었다. 이 일에 끌린 커티스는 회사를 그만두었다. 그리고 그는 '원격지 능력자'로 일을 하기 시작했다. 그는 온라인상의 프로그램을 기반으로 원격으로 프리랜서로 일을 하게 된 것이다. 이 일은 시간당으로 돈을 받는데 직장에서 온종일 일하며 받는 것보다 훨씬 벌이가 좋았다. 커티스는 지금도 이 일을 즐겁게 하는 중이다.

나는 우연히 알게 된 세라 케슬러(Sarah Kessler)의 《직장이 없는 시대가 온다*Gigged*》를 통해 이 이야기를 읽게 되었다. 직장이 없는 형태로 노트북 하나만 있으면 어디서든 일을 할 수 있다? 와우. 나에게는 정말 매력적인 이야기이었다. 왜냐하면, 충분히 미래지향적이고 가능성이 있는 이야기였고 내가 모르는 세상에서 실제로 일어나고 있는 일이기 때문이다.

사실 이러한 직업은 꽤 오래전부터 존재하고 있었다. 하지만 그때는 인터넷이 지금처럼 이렇게 빠르거나 활발하지 않았기 때문에 활성화되기가 힘들었다. 하지만 지금은 컴퓨터뿐만 아니라 스마트폰 하나만 있으면 빠른 속도로 파일을 주고받을 수 있고, 소통할 수 있다. 그래서 인터넷이 하나의 플랫폼이 될 수 있는 것이다. 난 이 이야기를 접하고 온라인에서 할 수 있는 일을 찾아보았다. 나는 온라인으로 할 수 있는 일을 찾아보면서 새삼 참 많이 놀랐다. 이미 우리나라에서도 정말 많은 사람들이 온라인으로 돈을 벌고 있었다. 블로그, 카페, 유튜브, 각종 SNS를 통해서 말이다. '나는 정말 좁은 세상에서 좁은 시야를 가지고 생각하며 살았구나.'라는 생각이 들면서 크게 반성을 하기도 했다. 하지만 지금이라도 알게 된 것이 어딘가? 하루빨리 시작하자. 가장 쉽게 접할 수 있는 블로그 마케팅을 먼저 배우면서 나의 '디지털 노마드' 인생이 시작되었다.

당신은 '디지털 노마드'라는 단어를 들어보았는가? '디지털 노마드'의 '노마드'는 가끔 우리가 TV에서 나오는 다큐멘터리를 보면 몽

골이나 중앙아시아 지역에서 가축을 데리고 다니면서 이동하는 사람들의 모습을 볼 수 있을 것이다. 그들을 유목민 즉, '노마드'라고 일컫는다. 그들이 원래 사는 지역은 대부분 사막인데 사람들이 살기에는 그다지 좋은 환경은 아니다. 그래서 유목민들은 보다 살기 좋은 곳을 찾기 위해 계속 이동한다. 특별한 장소를 정해 두지 않은 채 말이다.

'디지털 노마드'란 IT 기술을 이용하여 업무를 처리하고, 한 곳에서 고정되어 일하지 않고 유목민처럼 자유롭게 돌아다니면서 일을 하는 사람들을 말한다. 그들이 일하는 곳은 자유롭다. 집, 카페, 도서관, 심지어 여행하는 중이여도 노트북이나 핸드폰 하나만 있으면 일을 할 수 있다. 앞에서 언급했듯이 원격으로 일을 하는 것과 비슷한 맥락이다.

내가 원하는 삶을 찾으려면 원하는 쪽으로 생각하고 도전하라는 말이 참 맞는 말이다. 나는 몇 달간 블로그 마케팅을 배우면서 실제로 블로그 마케팅을 통해 실질적인 재택근무를 하며 온라인을 통해 다른 회사를 광고하며 배운 것들을 실전을 통해 연습했다. 그리고 내가 블로그 마케팅을 통해 배운 것들을 원격으로 사람들에게 알려주는 일을 하게 되었다.

솔직히 나는 이 삶이 간절했다. 한곳에 온종일 얽매이지 않고, 자유롭게 일을 하는 생활이 너무나 행복했기 때문이다. 직장에서 일할 때는 종일 일을 하면 평상시에 마음의 여유가 정말 없었다. 쉬는 날 엄마나 이모가 맛있는 거 먹으러 나가자고 하면 그냥 무기력하게 어디도 나가기 싫었고, 쉬는 날이어도 하루가 금방 가니 다가오는 월요일이 싫어서 우울했고, 항상 힘들었다. 심지어 지하철에서 내가 앉은 자리 앞에 할머니가 계시면 나도 힘들어 죽겠는데 일어나기가 너무 싫어 억지로 찡그린 채로 자리를 양보해야 할 때도 있었다. (그래도 양보를 안 한 적은 없었다.) 내가 힘드니 모든 것들이 짜증만 나고 인생이 재미가 없었다. 그런데 이 일을 시작한 지금은 나의 생활 만족도가 정말 높아졌다.

시간과 장소에 구애없이, 내가 원하는 일을 할 수 있고, 사랑하는 사람들과 더 많은 시간을 보내며 일할 수 있다. 그리고 내가 원하는 더 많은 일에 도전할 수 있는 넓은 시야를 갖게 되었다. 예전에는 직장에 근무할 때, 직장 일이 아닌 다른 일을 한다는 것은 상상할 수도 없었고 생각할 마음의 여유가 없었다. 지금은 전보다 더 다양한 직업을 가지고 있지만 매일 행복을 느낄 수 있는 마음의 여유가 생겼다. 그리고 '무'에서 '유'를 창조하는 것에 대한 매력을 톡톡히 느끼고 있다.

이 글을 쓰고 있는 지금도 오전에 카페에 나와 내가 좋아하는 얼음 꽉 채운 에스프레소를 마시며 나의 글을 창조해 내고 있다. 어제는 없었던 나의 이야기들을 지금은 내가 창조하고 있는 것이다. 이렇게 많은 것들을 창조하고 어제보다 발전한 나를 생각하며 자기 전 하루를 마무리할 때, 내일을 기대하며 잠들 수 있다. 창밖만 바라봐도 날이 좋아서, 비가 와서, 하늘이 예뻐서 절로 행복한 웃음이 나온다. 내가 이런 기분이 드는 것은 내가 원하는 일을 하고, 꿈꿔온 일을 하며 보람을 느끼기에 가능할 것이다.

이런 기분을 처음 느껴본다. 내가 무엇이든 하며 이뤄낼 수 있다는 이 마음을 말이다. 한 번뿐인 인생을 살면서 꼭 느껴봐야 할 기분이라고 생각한다. 나는 독자들에게 '디지털 노마드의 삶을 꼭 살아 보아라!'라고 강요의 말을 하는 것이 아니다. 자신의 꿈을 꾸고 원하는 일을 하며 스스로 무언가를 만들어가는 기쁨을 알면 좋겠다는 것이다.

당신도 좋아하는 일을 하며 자신의 삶을 창조하는 기분을 느꼈으면 좋겠다. 타인이 정해놓은 삶이 아닌 '내 인생'을 '내가 행복한 기준'대로 정해놓은 '나의 삶'을 느끼며 살았으면 좋겠다. 스스로 원하는 삶을 찾아 적극적으로 도전한다면 당신이 세상을 보는 관점도, 인생의 방향도 달라질 것이다.

저서로 세상에 나를 외쳐라

“책을 쓰신다고요? 우와 대단하다! 부럽기도 하면서 너무 멋있어요!”

내가 책을 집필하기 시작한 후 주변사람들에게 가장 많이 듣는 얘기이다. 이런 말을 들을 때 정말 희열을 느낀다. 왜냐하면 ‘작가’라는 직업은 예전부터 내 마음속 깊숙이 자리 잡고 있었던 동경의 대상이었기 때문이다. 만약 내가 작가가 된다면 차라리 다시 태어나는 것이 더 빠르겠다고 생각했었다. 그랬던 내가 지금 작가가 되었다.

당신은 세상에 ‘나만의 책’을 출판하고 싶다고 생각해 본 적이 있는가? 아마 거의 불가능한 일이라는 생각이 먼저 들 것이다. 그렇지만 생각보다 작가가 되는 길의 장벽은 그리 높지 않다. 초등학생, 직장인 등 나이를 불문하고 누구나 도전할 수 있다.

'근데 저는 정말 평범한 사람이에요.'
'저를 내세울 만한 것이 없는데 어떻게 책을 내나요?'
'성공한 사람들만 책을 쓰는 게 아닌가요?'
'쓰고는 싶은데 저는 글을 쓰는 재주가 없어요.'

대부분 사람들이 이런 생각을 먼저 할 것이다. 책은 오직 성공한 사람만이, 글을 잘 쓰는 사람만이 쓸 수 있는 것이 아니다. 평소에 일기 정도만 쓸 수 있다면 가능하다. 물론 자신이 너무나 평범하게 살아온 사람이라 별로 내세울 것이 없다고 생각을 하겠지만 아니다. 인생을 살면서 지금의 1분 1초는 '나만의 노하우'가 될 수 있다. 어떤 사람은 자신이 평범한 주부일 뿐이라고 생각하지만 주부의 삶은 경험이자 자신만의 스토리가 된다. 초등학생이 하는 생각은 초등학생만의 스토리가 된다.

자신이 현재 하는 모든 것이 특별하지 않다고 생각할 수 있다. 특별하지 않아도 된다. 사람들은 나와 비슷한 삶에 공감하고, 다른 사람들은 어떻게 생각하는지에 대해 위로를 받으며 마음의 양식을 얻게 된다. 나의 평범한 삶에서 느끼는 생각을 책으로 쓴다면 특별하지 않은 것은 특별한 나만의 스토리가 된다.

《아름답게 욕망하라》의 저자 조주희 씨는 자신의 책을 읽게 될 독자에게 이렇게 말했다.

"이 책을 쓰면서 한 가지 바람이 있다면 이 책을 읽는 독자들만큼은 내가 그동안 시행착오 속에서 배우고 쌓아 온 노하우를 조금이라도 쉽게 얻을 수 있도록 하는 것입니다. 어느 부분은 공감하고 또 어느 부분은 동의하지 않는 메시지도 있겠지만 '조주희는 이런 생각을 하고 살았구나.' 할 정도로 가볍게 읽어 줄 수 있는 책이었으면 하고, 또 동시에 누군가에게 인생의 작은 동기부여라도 됐으면 하는 마음이에요."

'나같이 내세울 거 없는 사람이 무슨….'이라고 생각하며 자신을 과소평가하는 사람들이 많다. 하지만 실제로는 한 사람, 한 사람 모두의 인생에는 아주 소중한 가치가 있다. 나에게는 별거 아닌 경험들이, 감추고 창피한 경험들이라도 다른 사람에게는 큰 동기부여가 될 수 있고, 생각을 바꿀 수도 있다.

사실 나도 처음에 20대에 파산한 것을 다른 사람에게 최대한 숨기며 살아가고 싶었다. 왜냐하면, 보통 사람들이 쉽게 겪는 일은 아닌지라 나를 색안경을 끼고 보는 시선이 두려웠기 때문이다. 그런데 생각해 보면 이건 나에게 부끄러운 것이 아니었다. 나에게는 아무에게나 주지 않는 큰 훈장 같은 것이었다.

자신의 선택으로 일어난 것이 아닌 어쩔 수 없는 최악의 환경에 놓였을 때 '내 인생은 답도 없고 희망도 없어.'라고 부모님을 원망하고, 환경과 세상 탓을 하며 불행하게 사는 사람들이 있을 것이다. 이런 예기치 못한 불행이 찾아올 때 어떤 마음을 가지고 견뎠는지 나누며, 힘들고 우울하게 사는 사람들에게 위안이 되고 싶었다. 그리고 내 인생에서 '꿈'에 대한 중요성을 깨달은 경험을 전함으로써, 한 사람이라도 '자신만의 꿈'을 생각하는 계기가 될 수 있다면 참 좋겠다는 마음으로 나의 이야기를 썼다.

누구나 쉽게 말할 수 없는 최악의 고통을 경험한다. 그 최악의 상황이 어떤 상황이든 상관없다. 왜냐면 어떤 것이든 사람이 최악을 고통스럽게 느끼는 것은 누구나 매한가지이기 때문이다. '현재 정말 낭떠러지 끝에서 최악의 상황에 처해 있다면 그것은 당신에게 마냥 최악은 아니었을 것이고, 오히려 나중에는 지금 상상할 수 없는 인생에 최고의 경험이 될 수 있으니 조금만 버텨봐라.'라는 나의 실질적인 '최악의 경험 후기'를 알려주고 싶기도 했다. 나의 이런 경험들은 분명히 누군가에겐 희망이 될 수 있을 것이라 믿으며 글을 썼다.

'내가 아무리 노력해도 세상에서 누가 나를 알아주겠느냐.'라는 생각을 하며 살았던 나였다. 하지만 책을 쓰며 '내 인생의 이야기가 누군가에게 영향을 줄 수 있겠구나. 나는 세상에 영향력을 주는 사람이네.'라고 생각하니 이루 말할 수 없이 뿌듯하고 새로운 성취감과 자신감이 생겼다.

대부분 해 보지 않았던 일이기에 누구나 두려움을 갖는다. 그리고 책은 아무나 쓰는 것이 아니라고 생각하며 시작하려는 마음조차 열지 않는다. 하지만 막상 써 보면 '오호? 쓸 만한데?' 이런 생각이 들 수 있다. 모든 것은 소재가 될 수 있다. 고양이를 키우는 사람은 고양이를 키운 경험이 소재가 될 수 있고, 일에 치인 직장인이 느끼는 삶을 소재로 책을 쓸 수도 있고, 자신은 아직 철이 들지 않은 것 같은 중년이 어떤 생각을 하면서 살아가는지 등 정말 일상의 많은 소재가 책으로 출판되고 독자는 작가가 된다.

책을 쓰면 '무조건 성공한 인생을 살 수 있다.'라는 말은 솔직히 못 하겠다. 개인마다 케이스가 너무 다르기 때문이다. 하지만 '나만의 책'을 쓴다면 당신은 인생에서 성공한 사람이 될 수 있는 가장 좋은 방법 중 하나의 과정을 밟고 있는 것이다. 분명한 건 당신은 분명 누구와도 대체할 수 없는 세상에 하나뿐인 가치가 있는 소중한 존재라는 것이다. 그 사실을 세상에 알리는 것이야말로 참 의미 있고 용기 있는 일이 아니겠는가.

현재 나에 대한 확신을 가져라

경험을 통해 내가 직접 깨달은 바,
누구나 꿈을 이루기 위해 자신 있게 밀고 나가고,
원하는 삶을 살기 위해 열심히 노력하면,
언젠가는 뜻밖의 성공을 거두게 된다.

- 헨리 데이비드 소로(Henry David Thoreau)

당신은 자신에 대한 확신을 가져본 적이 있는가? 자기 자신에 대해 확신을 갖는다는 것은 쉽지 않다. 자신이 어떤 것을 행동해야 할 때 앞이 뚜렷하지 않은 것들에 대해 의심부터 먼저 생기기 때문이다. 예를 들어 새로운 것에 도전하려고 한다면 "하. 내가 과연 할 수 있을까?"라는 생각이 먼저 들고, 새로운 정보들을 접하다 보면 "말도 안 돼. 그런 일이 정말 일어날 확률은 희박해."라는 생각이 가장 먼저 자연스럽게 떠오른다.

자신이 어떤 일을 할 때도 마찬가지이다. 뚜렷하고 확실한 답이 없다면 두려움이 먼저 생기고, 실패에 대한 부정적인 생각부터 먼저 떠오른다. 맞다. 그런 생각이 저절로 드는 것은 자연스러운 현상이다. 어떤 상황에서는 의심부터 먼저 하는 것이 좋을 수 있다. 자신이 충분한 근거와 이유를 가지고 도전할 때 현재 자신에 대한 확신과 신념이 없다면 그 도전은 실패할 확률이 높다. 하지만 자신이 정한 명확한 목표가 있다면 자신에 대한 확신을 갖는 것은 훨씬 수월하다. 그리고 자신에 대한 확신을 하도록 본인 또한 변화할 수 있다.

나도 인생에서 절실하게 자기 확신을 가졌던 적이 몇 번 있었다. 그중 가장 설명하기 쉬운 경험을 이야기해 보겠다. 내가 중국어 관광통역 안내사 시험을 준비할 때, 나는 나에 대한 확신이 없었다면 절대 결코 해내지 못했을 것이다.

왜냐하면, 유학 한 번 다녀오지 않았던 내가 중국인들과 똑같이 중국어 시험을 치러야 했기 때문이다. 처음엔 중국인이 말하는 발음을 거의 알아듣지 못했기 때문에 그냥 맨땅에 헤딩하는 기분이었다. 그래서 불가능하다고 생각했지만, 무조건 성공해야 한다는 마음으로 밀고 도전해야 했을 때 나에게 있었던 것은 오직 자기 확신뿐이었다.

물론 처음 시작했을 때는 자기 확신은커녕 두려움이 컸다. 하지만 난 이 자격증을 꼭 취득해야겠다는 목표가 뚜렷했다. 나는 스스로 마음을 가다듬어야 했다. "나는 충분히 해낼 수 있는 능력과 자질이 있다.", "나는 좋은 에너지를 뿜어내는 관광 통역 안내사이다." 매일 아침, 자기 전, 공부할 때도 나 자신에게 끊임없이 주문을 걸고 내가 외국인과 즐겁게 소통하는 상상을 했다. 원래 사람은 자신이 생각하는 대로 변한다고 하지 않았던가. 정말 내가 생각했던 다짐은 그대로 나에게 세뇌가 되었다. 그리고 내가 말하고 생각한 대로 목표를 이룰 수 있었고 시험에 합격할 수 있었다. 그리고 내가 상상했던 대로 우리나라에서 가장 큰 성형병원에서 정말 다양한 각국의 외국인들을 만나며 중국어, 영어를 사용하며 소통하는 일을 하게 되었다.

사실 지금 생각해 보면 그때 당시에는 나는 스스로에 대한 확신이 있었는지도 몰랐다. 꼭 확신이 있어야 가능했기 때문에 내가 원하는 것들을 상상하고 끊임없이 스스로 원하는 사람이라는 것을 주문을 걸었다. 그렇게 스스로 나를 내가 원하는 사람으로 만들었다.

'내가 그렇게 된 것을 먼저 보고 확신을 갖고 그렇게 이미 행동하고 있다.'

잘되는 사람과 그렇지 않은 사람은 분명히 많은 차이가 있습니다. 뭔가 잘되고 싶은 사람은 많아요. 성공하고 싶고 돈도 많이 벌고 싶고 행복하게 살고 싶은 사람들은 많습니다. 하지만 모두가 원하는 정도의 수준에서 더 올라오지 못하죠. 누구나 원해요. 하지만 정말 원한다고 다 되느냐, 안타깝게도 원하는 사람들은 잘되지 않아요. 오직 확신하는 사람만이 잘 됩니다. 우리 정신의 90%는 무의식이에요. 무의식의 언어는 상상력이죠. 그 상상력으로 "내가 완전히 잘되는 모습, 이미 성공해 있는 모습 같은 것을 이미지로 그려놓고, 확고부동하게 했다."라고 보고 생각하는 사람은 확신감이 있는 사람이죠. 확신감은 무의식에서 만들어지는 것이에요.

원하는 것은 누구든 다 할 수 있지만 '무의식'에 그 성공한 모습이 완전히 새겨져 있는 사람은 그 확신 때문에 그걸 바탕으로 행동을 해요. 그러면 사람들은 그 사람이 뭔가 다르다는 것을 알게 됩니다. 그냥 원하는 수준이 아니라 완전히 확신을 갖고 이야기하기 때문에 그 사람과 계속 말하다 보면 점점 빨려 들어가고, 그가 하는 말이 다 타당한 것 같고 이런 식으로 점점 빠져들게 됩니다. 사람은 확신감을 가져야지만 성공할 수 있게 됩니다.

-《박세니 마인드코칭》의 박세니 대표

내가 경험해 본 바로는 확실히 목표를 뚜렷하게 정해놓으면 자기확신을 갖기가 훨씬 쉬웠다. 왜냐하면, 내가 원하는 것들에 대한 상상을 뚜렷하게 할 수 있기 때문이다. 매일 내가 원하는 꿈을 뚜렷하게 상상하면, 내 꿈에 대한 희망적인 에너지가 생성된다. 그러면 목적의식 또한 강해진다. 하지만 이런 목표가 없었던 때는 도전에 대한 마음이 쉽게 흔들린다. 도전하기 전부터 두려움이 생겨 시작조차 쉽지 않을 때도 많았다.

두려우면 도전하는 것들이 망설여지며 생각이 많아진다. 결국에는 포기하거나 흐지부지되어 버리고 만다. 예전에 나를 비롯해서 현재에도 많은 사람들이 이런 상황을 겪는다. 인생에서 꼭 이뤄야 할 목표를 정해놓지 않으면 도전하는 것들에 대한 두려움과 장애물에 초점을 둔다. 그리고 겨우 도전을 시작한다고 하더라도 다른 사람들의 비판에 마음이 쉽게 흔들리며 무너지고 만다. 그리고 쉽게 회피해 버린다. 그러면 다시 평범한 일상으로 돌아와 자신에 대한 확신도 없이 그냥 그런 하루를 보내며 생기 없는 삶을 살아가는 사람들을 흔하게 볼 수 있다. 이런 삶을 살아가는 사람들은 자신의 능력에 대한 확신도 없을 확률이 높다.

자기 확신은 인생에 성공을 좌우할 정도로 정말 중요한 요소이다. 그렇게 중요한 만큼 자신에 대한 확신을 갖는다는 것은 하루아틀 마음먹는다고 쉽게 가질 수 있는 것은 아니다. 하지만 자신의 목표가 명확하면 자기 확신을 빠르게 가질 수 있다. 목표를 이룬 나의 모습을 쉽게 상상하여 목적의식 또한 선명해진다. 그러면 도전하는 일에 대한 불안감도 저절로 사라질 뿐만 아니라 자기 확신을 갖게 된다. 나를 믿을 수 있게 된다.

나의 목표는 '시간적, 경제적 자유를 누리는 작가, 크리에이터, 사업가'이다. 시간적인 자유는 얻었으니 내가 만족할 만큼의 경제적 자유만 얻으면 된다. 그래서 매일 아침, 저녁 평상시에도 수시로 상상한다. 밤낮으로 24시간 통장에 돈이 쌓이는 모습을. 그리고 뿌듯해하며 신이 나서 좋아하는 일을 하는 내 모습을 생생하게 상상한다. 처음에는 원하는 모습들을 머릿속으로 그리는 것이 어색하고 어려울 수 있다. 그런데 열흘만 해보면 쉬워진다. 이런 행동들은 자기 확신을 하는 데 아주 큰 역할을 한다.

현재 자신이 꿈꾸는 일이 목표를 뚜렷하게 갖고 실행하고 있다면 불안감이 들어도, 그 어떤 장애물이 방해하더라도 당신 마음속에 있는 목표를 향해 밀고 나가길 바란다. 목표를 이룬 모습을 뚜렷하게 상상하며 불안감을 지우고 확신을 갖으며 포기하지 말고 실행하길 바란다. 언제나 두려움을 이기는 것은 자기 확신이다. 당신 인생에 물음표를 던지지 말고 오로지 느낌표만을 던지기 바란다. '난 무조건 이겨낼 것이다!'라고 자신을 믿고 포기하지 않는 당신은 반드시 해낼 것이다.

꿈

바로 지금이 꿈꿀 때이다

내 가슴이 뛰는 한 나이란 없어. 내가 관속에 들어갈 때까진 끝없이 도전하면서 살아가는 거야. 시시하게 살기엔 인생이 너무 짧다는 것을 기억해.

-이춘순

우리 이모가 나에게 했던 말이다. 이모는 나에게 항상 꿈을 꾸라고 하였다. 내가 희망이 없다고 생각하며 힘든 시간을 보냈을 때도 말이다. '분명 모든 것들은 잘 해결될 것이다. 네 인생은 이제 시작이다. 희망이 없다고 생각하지 말고 불가능하다고 지레 겁먹지 말고 큰 꿈을 꿔라.'라고 말씀하시며 언제나 나를 지지해 주었다. 이런 말들을 들으며 나는 당시 힘든 시간을 보낼 때도 항상 긍정적인 마음을 먹을 수 있었다. 그리고 기죽지 않고 내가 원하는 것이 무엇인지, 항상 나의 꿈을 생각했다. 이모도 언제나 꿈을 꾼다고 했다. 꿈은 자신이 살아갈 수 있는 큰 원동력을 준다고 했다. 이런 생각을 하며 사는 우리 가족들은 지금 함께하는 이 순간을 즐기며 용기 있게 살고 있다.

내 인생은 두 갈래로 나뉜다. 꿈이 없을 때와 있을 때. 꿈이 없었을 때는 있고 없고의 큰 차이를 느끼지 못했다. 몰랐으니까. 그런데 명확한 꿈이 생기고 나니, 꿈이 있고 없고는 인생에 아주 큰 차이가 난다는 것을 뼈저리게 실감했다. 명확한 꿈이 없었던 나는 언제나 뭘 해야 할지 헤맸다. 꿈이 있고 그 꿈을 이루기 위해 내가 달성해야 하는 목표를 정하고, 끊임없이 시도하고 노력하며 꿈을 향해 나아가야 하는데, 나는 꿈은 없고 그냥 그 당시 상황에 맞는 목표만 있었다. 목표보다 더 큰 꿈이 없었다. 그러니 목표를 이뤘다고 해도 그냥 제자리에 있는 느낌이었다.

하지만 꿈이 생기니 이야기가 달라졌다. 간절하게 꿈을 소망하니 인생을 살며 무얼 해야 할지 헤매지 않는다. 내가 소망하는 꿈을 이루는 길로 어떻게든 이끌려 간다. 나의 꿈이 내 인생에 중심을 꽉 잡고 있으니 나만의 믿음과 신념이 생긴다. 그러면 나는 그걸 딛고 성장할 수 있게 된다. 꿈을 이루는 과정에서 내 인생을 즐기게 된다. 당신이 간절하게 소망하는 꿈이 있다면, 꿈을 달성하는 과정에서 자기만의 신념이 생길 것이다. 그리고 그 신념은 당신이 바라는 것을 자석처럼 끌어당기며 당신을 발전시킬 것이다.

꿈을 이루는 것만으로 행복한 것이 아니다. 이루는 과정에서 어떤 장애물이 있어도, 그럼에도 내가 하고 싶은 일을 하는 것, 해내는 과정에서 당신은 살아있음을 느낄 것이다.

누구나 어릴 적에는 마음속에 꿈을 품고 자란다. 하지만 점점 자라면서 사회의 시선과 편견에 자신의 꿈은 깊은 곳에 보이지 않을 만큼 작게 숨어버리고 만다. 우리의 꿈은 정말 깊은 곳에 내재되어 있다. 단지 우리가 찾으려고 제대로 시도해 보지 않아서 찾지 못하는 것뿐이다. 그러니 지금 꿈이 없다고 생각해서 실망하지 않길 바란다. 당신의 꿈은 원래 없었던 것도 아니고 없어진 것도 아니다. 분명 사람이기에 욕구가 있고, 원하는 것이 있다. 그러니 지금 당신이 꿈이 없다고 생각한다면 자신이 원하는 것, 좋아하는 것, 하고싶은 것을 찾는 것부터 시작하면 된다.

〈인생에서 너무 늦은 때란 없습니다〉의 저자 모지스 할머니는 어려서부터 '화가'가 되고 싶다는 꿈이 있었지만, 가정형편이 어려워 도전해 보지 못하고 있었다. 하지만 그녀는 그 꿈을 버리지 않았고 76세에 그림을 그리기 시작했다. 사람들은 모두 늦었다고 말했지만, 그때마다 그녀는 콧방귀를 뀌며 호탕하게 말했다. "지금이 가장 좋은 때이다."라고 말이다. 그리고 그녀는 20년 넘게 작가로 활동하며

1,600여 점의 그림을 그렸고, 100세에 세계적인 화가가 되었다.

'내가 꿈을 꾸기엔 늦었지!'
'내 나이가 몇인데 뭘 시작하겠어.'

종종 사람들은 이런 생각들을 한다. 이런 이야기를 들으면 참 마음이 아프다. 사회가 암묵적으로 정해놓은 시선에 '자신의 한계'를 미리 정하지 않았으면 좋겠다. 이런 갇힌 생각을 하면 두려움에 용기도 못 내고 시작하기도 전에 나가 고꾸라진다. 이 세상은 누구에게나 똑같은 하루가 주어진다. 그 하루는 오직 나만의 것이다. 자신에게 주어진 귀중한 하루를 내가 하고 싶은 일을 하고, 꿈꾸는 일을 하면서 즐겁게 사는 것은 다른 사람이 결정해 줄 수 있는 일이 아니다. 다른 사람이 내 하루를 대신 살아줄 수 없다. 그런데 감히 내 하루를 누가 정해준단 말인가? 오직 나만의 것인 것을.

나에게 주어진 시간을 어떻게 보낼 것인지는 오직 나만이 선택하고 결정할 수 있다. 그건 나이가 적든 많든 따질 수 없다. 세상에 '늦은 시기'란 존재하지 않는다. 시기를 따지는 의미가 없다. 내가 살아 있는 한, 가슴이 뛰고 있는 한 언제든 용기 내서 도전할 수 있다. 욕구가 있는 한 그게 무엇이든 말이다. 당신은 펜을 잡으면 글을 쓸 수 있고, 붓을 잡으면 그림을 그릴 수 있고, 움직이면 언제든 행동할 수 있다. 무엇이든 창조할 수 있다. 가슴이 시키는 일을 하며 살아라. 행동하며 즐겁게 살길 바란다. 그러면 당신만의 행복의 문이 활짝 열릴 것이다.

우리에게 주어진 인생은 딱 한 번뿐이다. 그 인생을 내가 하고 싶은 일을 하며 최대한 즐겨야 하지 않겠는가? 세상에는 우리가 아름답다고 느낄 수 있는 행복이 참 많다. 시선을 돌려 내 방 창밖을 보면 몽실몽실한 구름이 떠 있는 새파란 하늘과 파릇파릇한 풍경들, 내 곁에 있는 사랑하는 사람들과의 시간, 도전하는 용기가 가져다주는 행복, 내가 꿈을 꾸기에 느낄 수 있는 행복 등…. 우리에게 주어진 인생은 보물상자 같은 것이다. 그 안에 꿈이라는 빛나는 보물을 꼭 찾아보길 바란다. 꿈을 생각하는 바로 지금이 꿈꿀 때이다. 당신이 그 꿈을 위해 가슴이 시키는 일을 하며 살기를 바란다.

당신은 반드시 해낼 수 있습니다.

꿈을 꾸세요. 지금 조건이 맞지 않아도

절대 포기하지 말아요.

당신의 꿈을 이뤄가는 길이 아름답기를

언제나 응원합니다.

Thanks to

처음 책을 쓰기 시작했을 때 과정 하나하나 순탄한 것이 하나도 없었어요. 작가가 책 한 권을 완성하기까지는 아이를 낳는 것과 비슷한 기분이 든다고 하더니 이제야 그 말이 어떤 뜻인지 조금은 알 것 같습니다. 처음에 글을 써야 하는데 아이디어도 생각이 잘 나지 않고, 문장 하나 쓰는 데도 별의별 생각이 다 들었던 것 같아요. 그때마다 제 곁에서 책도 읽고, 기사도 보면서 함께 머리 싸매고 아이디어와 인생 명언들을 제공해준 이모께 감사합니다.

그리고 항상 제 곁에서 긍정을 심어주고 사랑과 응원을 하는 엄마께 감사해요. 엄마와 이모의 무한한 사랑이 없었다면 내가 이렇게 밝고 예쁘게 자라서 행복하게 책을 쓰는 일은 불가능했을 거예요.

또한, 어릴 적부터 항상 제 곁에서 함께 좋은 일 있으면 축하해 주고, 아플 때면 돌봐주고, 힘들 때면 최선을 다해 챙겨주셨던 외삼촌과 외숙모께도 감사드립니다.

곁에서 웃음과 행복으로 내 인생을 가득 채워준 나의 남자 친구, 나를 항상 예뻐해 주는 사촌 오빠도 고맙습니다. 그리고 저를 새로운 세상으로 이끌어 주시고 도움을 주신 김태진 대표님께도 감사드립니다. 제 원고를 알아봐 주시고 적극적으로 밀어주신 조현수 대표님. 덕분에 제 목표를 이룰 수 있었습니다. 감사합니다. 마지막으로 제 책에 맞는 예쁘고 정겨운 그림을 그려주신 이창우 작가님께도 감사해요. 작가님 덕분에 제 책이 더욱 따뜻해졌어요.

책을 쓰며 새삼 깨달은 것이 있어요. '나는 내 사람들에게 정말 많은 사랑을 받고 있는 사람이구나.'라는 생각이 들더라고요. 어떻게 보면 부정적인 생각을 품고 성장할 수도 있었던 가정환경이었는데도 불구하고 저를 최선을 다해 사랑해 주는 가족들이 곁에 있었기에 저의 어린 시절은 사랑으로 가득한 추억들이 많았고, 그 사랑으로 지금의 빛나는 제가 있을 수 있었던 것 같아요. 제 곁에서 언제나 응원해 주는 내 사람들 언제나 감사합니다. 사랑합니다.

그럼에도, 나는 이겨낼 것이다

초판인쇄	2020년 7월 17일
초판발행	2020년 7월 23일
지은이	김상희
발행인	조현수
펴낸곳	도서출판 더로드
마케팅	최관호 최문섭 신성웅
편집	황지혜
디자인	호기심고양이
일러스트	이창우
주소	경기도 고양시 일산동구 백석2동 1301-2 넥스빌오피스텔 704호
전화	031-925-5366~7
팩스	031-925-5368
이메일	provence70@naver.com
등록번호	제2015-000135호
등록	2015년 06월 18일

정가 15,800원
ISBN 979-11-6338-090-0 03810